千趣宣誓 3

野々山 睦

目次

立ち枯れる　時も定めず　枝先に
赤や黄色に　言の葉寄せて

第一章　晩秋

おはようございます神無月最後の月曜日です
昨夜の三日月の姿は研ぎ澄まされて見事でしたね 今朝も都営大江戸線の車中から一首です
「咲く花の 姿変わらず 今日の花 しかし昨日と 同じにあらず」↑（狂歌千首№００１）
「もう君は 三十路の坂に さしかかり みすゞの歌を 今朝も詠むとは」↑（狂歌千首№００２）
「方円の 器充たして溢れだす 如水の命 誰に預ける」↑（狂歌千首№００３）
「新人の レジでもたつく 指先を 優しくみつめ 先を急がず」↑（狂歌千首№００４）
「本を読む 活字と黒の インク文字 ネットにはない 匂い芳し」↑（狂歌千首№００５）今日から読書週間

「朝夕の 満員電車に 揺られては 往くも還るも 歌を詠みつつ」↑（狂歌千首№００６）

「お愛想 振り撒く笑顔 お勘定 縁もたけなわ ニコニコ払いで」↑（狂歌千首№００７）

「オンとオフ こころスイッチ 切り替える アナログオヤジ 夜はこれから」↑（狂歌千首№００８）

「上賀茂の やしろに響く ビィヨロンに 梅若夜叉の 能の摺り足」↑（狂歌千首№００９）

※添付の写真は今朝のさいたま南浦和駅前の今朝の秋の空高く青い空 ７００ａｍ

「消えてゆく フェイスブックの 投稿も 記録記憶も 秋の霞に」↑（狂歌千首№０１０）

「オクトーバー ノーベンバーに ディセンバー 客曳きバーの 暮れの寄り道」↑（狂歌千首№０１１）

「朝夕に それぞれ三首 歌を詠む 己に課した 枠は要らぬか」↑（狂歌千首№０１２）

「母国語の 崩れて酷い 言の葉を 拾い集める 秋の夕暮れ」↑（狂歌千首№０１３）

「ハロウィンの 金曜だけは 御祭りの 老いも若きも 仮の姿に」↑（狂歌千首№０１４）

「心配の 種を並べて 掌に 触れては返す 眺めしままに」↑（狂歌千首№０１５）

「もういくつ 寝れば羊のお正月 そうね六十五にち いい夢みてね」↑（狂歌千首№０１６）

「エボラ熱 人には見えぬ 放射能 人の垣根も 通りゃんせ通りゃんせ」↑（狂歌千首№０１７）

「人の世の ルーチン八分 恥一分 残り一分に 賭ける感動」↑（狂歌千首№０１８）

「宙の果て 浮かぶ星屑 独り旅 六年かけて 翔るはやぶさ」↑（狂歌千首№０１９）

おはようございますウェンズデー 空高くひんやり爽やか秋の空 今日も笑顔を絶やさず元気にいきま

しょう

「秋風に 背を丸めては チクタクと 胸の鼓動も 秒針刻む」↑（狂歌千首№020）

「モノカネの 欲に駆られて 政治屋の 霞むプライド 秋風や吹く」↑（狂歌千首№021）。

「青空の 海に浮かべて 飛行船 光る背鰭や シロナガスクジラ」↑（狂歌千首№022）

「昼休み　秋のうららの　隅田川」２０１４・10・29東京中央区は午後の昼下がり

「ハロウィンの 背に隠れおり 先達の 知恵と希望に こころ通わせ」↑（狂歌千首№023）

「信頼も 形にならで いつのまに 指のあいだを するり抜けてく」↑（狂歌千首№024）

「霜月の前夜祭かな 道ばたに 魔法使いの 赤い手袋ひとつ 拾い上げては持ち主捜し」↑（狂歌千首№025）

「いっぺんに　十冊同時　乱読に　勝る劣らず　座右の銘書」↑（狂歌千首№０２６）

「歌は世に　夜は歌に連れ　リフレイン　瞳の奥の　秋の夜更けて」↑（狂歌千首№０２７）

「下町に　あと十日もすれば　酉の市　酸いも甘いも　熊手掻き寄せ」↑（狂歌千首№０２８）

「七人掛け　座る五人の指先に　触れるスマホも　鎮座まします」↑（狂歌千首№０２９）

「あと五分　朝の二度寝に　ぬくぬくと　布団アタマに　掛けて三度寝」↑（狂歌千首№０３０）

「窓辺には　小春日和の　隅田川　指を加えて　彼岸眺むる」↑（狂歌千首№０３１）

「夜来香　蘇州夜曲の　レコードに　下ろす針先　耳傾けし」↑（狂歌千首№０３２）

東京中央区の赤坂六本木方面に夕陽なう２０１４・10・30　17：20ｐｍ

「うたかたの 夕陽に染まる 秋の空 逢魔が時の ハロウィンマジック」↑（狂歌千首№０３３）

「うたかたの ネットに寄せる コメントも 弾けて消えて シャボン玉のごと」↑（狂歌千首№０３４）

「身に付ける メガネにウォッチ もしこれが もしやスマホか いかで煩わしき」↑（狂歌千首№０３５）

月に一度の贅沢だけど白玉抹茶クリームぜんざい @御徒町駅前 松坂屋デパート脇にある「サンマルクCafe」にて 秋本番あなたは甘党の秋 読書の秋 それとも 旅の秋 密林アマゾン・セブンネットでも検索してみるか ひとり絶賛好評発売ちゅう「新・千趣宣誓」オヤジの短歌集です

「秋の夜に 星と星とが 出逢えずに 流れ星なら 君を見つける」↑（狂歌千首№０３６）

おはようございますＨappy Ｈalloween ＴＧＩＦ あすからは霜月 今朝も京浜東北線の車中から一首です

「暗闇に 小悪魔たちの 宴かな 魔女に蜜蜂 街に繰り出す」↑（狂歌千首№０３７）

「電飾の 明かりが灯る 夕暮れに 悪霊退散ハロウィンナイト」↑（狂歌千首№０３８）

「千年の 眠りを醒ます 羽衣の 頬かすめたり 天女吉翔」↑（狂歌千首№０３９）

「疑いを 腹に抱えて 信の無き 心の壁を いかで崩さむ」↑（狂歌千首№０４０）

「言の葉を みそひともじに リズム乗せ オヤジの日記 選手宣誓」
処女短歌集「新・千趣宣誓」出版は星雲社・ブイツーソリューションより発売中 Amazonやセブンネットショップ honto などネット書店から検索できます なお年内には続編を出す予定でいます「続・千趣宣誓」でも引き続き短歌詠んでいますのでどうかご贔屓によろしくお願いいたしますそして帰りぎわに一首です
「ハロウィンの 魔物驚く 株価高 日銀総裁 まじかマジック」↑（狂歌千首№０４１）
おはようございますハロウィン開けて11月突入最初の土曜日は三連休の初日
天気不調なのでドライブは控えて近くの図書館通い今日出会った本たち

「池波正太郎の東京下町を歩く　by常盤新平」「明治の人物史　by　星新一」「田辺聖子の古典まんだら」「ハッピーリタイアメント　by　浅田次郎」「名将がいて愚者がいた　by　中村彰彦」「ブッダのことば　by　中村 元」「人間臨終図鑑1 by　山田風太郎」以上七冊返却期限は二週間きっちり守りますよ読書週間（習慣）ですからねそこで一首です

「本棚に　一期一会の　顔あらで　ただいにしえの　薫り嗅ぐまで」↑（狂歌千首№０４２）

※写真は今年5月GWにドライブして訪ねた熊本県の黒川温泉「山河」旅館の露天風呂ですとても湯かったです

新潟県越後湯沢駅周辺には温泉がたくさんあります　共同浴場　駒子の湯なう

「雪国の　作者愛でたる　駒の湯に　照る山萌ゆる　紅葉浮かべり」↑（狂歌千首№０４３）

新潟の銘酒　利き酒なう　@越後湯沢駅ナカ　楽しい商店街にて　２０１４・11・02　約90種類も並ぶ地酒銘柄から好きな5種チョイスしてお猪口五杯で５００円　いい気分

「魚沼に　水と米もて　辛口の　酒精艶めく　粋な酔い口」↑（狂歌千首№０４４）

おはようございます文化の日　今朝は越後湯沢温泉　山の湯に朝風呂ゲット ここはかつて文豪川端康成が雪国を著作した時に立ち寄ったという峠の湯 そこで一首です
「朝風呂に 湯けむりあがり 秋霞 汗水流せ 山の麓へ」↑（狂歌千首№０４５）

「新潟県越後湯沢温泉 山の湯」なう朝風呂もちろん源泉掛けながし１００％ ２０１４・11・03 ０８２５ａｍ 越後湯沢温泉を後にして紅葉の山々をドライブして一時間続いて松之山温泉に移動して温泉三昧そして一首です
「もみじ葉も水面に揺れて松之山　露の光に肌も染めにし」↑（狂歌千首№０４６）

北信州は野沢温泉なう「大湯」にて 手前が温めの湯 奥は熱い湯 源泉掛けながし 飲泉もオッケイ
紅葉に続く坂道 @北信州 野沢温泉にて ２０１４・11・03
「雨上がる 淡い光の 信濃路の 山のもみじを 仰ぐ坂道」↑（狂歌千首№０４８）

「このたび（旅・度）は 越後湯沢に 松之山 湯の宿信州 野沢温泉」↑（狂歌千首№０４９）

「雪國に 雪降る前に 山燃ゆる 薄紅色の 君の頬さえ」↑（狂歌千首№050）

「天城越え 歌詞を忘れて 鼻歌の 響く車中の 秋の夕暮れ」↑（強化選手№051）

「上人も オナゴオヤジも 肌さらし ホコリ脱ぎ捨て 何も飾らず」↑（狂歌千首№052）

「湯けむりに おやきの湯気と 混じりては 足湯に遊び 薫る野沢菜」↑（狂歌千首№053）

北信濃は野沢温泉の温泉街の名物 共同浴場「大湯」の壮観な全景2014・11・03 お湯は源泉掛けながし入湯料はお賽銭箱に投入しますがお値段は個人の自由意思判断に依ります地元の有志ボランティアの皆さんのご尽力に支えられてる

「屋形船 のたりのたりと 隅田川 手を振る異邦人 江戸を楽しむ」↑（狂歌千首№054）

勝どき橋なう 2014・11・04 昼休み そして帰りぎわにも一首です

「明日の夜はスーパーミラクル一生に　たった一度の運の月（尽き）かも」↑（狂歌千首№０５５）

「月見れば 霜降る月に ミラクルの 月に代わって お仕置きの尽き」↑（狂歌千首№０５６）

「気がつけば 三日月すでに 十三夜 記憶も跳ぶや 月の満ち欠け」↑（狂歌千首№０５７）

「月見れば ものや思うと 秋の月 まん丸顔の アニメキャラ似の」↑（狂歌千首№０５８）

漢字の「明るい」という文字の意味を考えてみた
「明るさの 日に寄り添うて 月明かり 明日に限れば ミラクルの月」↑（狂歌千首№０５９）

おはようございますウェンズデー 今夜よく晴れれば今宵の月はミラクルスーパームーンかもしれませんね 今朝も京浜東北線の車中から一首です
「歳経れば 身軽となりぬ 秋の空 しがらみ断ちて凧となる吾れ」↑（狂歌千首№０６０）

※写真は今朝のさいたま市内自宅近くの神社の空 2014・11・05 午前7時

「がさごそと 箪笥の中を手探りに　手袋さがす君の横顔」↑（狂歌千首No.061）

「利き酒に ポリフェノールの 香り嗅ぐ 葡萄摘みたて 南仏ボジョレー」↑（狂歌千首No.062）

「疑って 眉しかめずに ありのまま 受け入れてみて 秋のすじ雲」↑（狂歌千首No.063）

「孔を開け 紙整えて ファイリング 綴じて鍋蓋 漏れて抜け穴」↑（狂歌千首No.064）

「来週の 月曜日には 一の酉 良縁担ぎ 熊手掻き寄せ」↑（狂歌千首No.065）

「球界の 戦力外 通告の いずこも哀し 早期退職」↑（狂歌千首No.066）

「おひさまの 巨大黒点フレアに 呑まれてしまえ 地球の上の 人の争い」↑（狂歌千首No.067）

「有線に流れる歌はメロディアス　80年代ならふと口ずさむ」↑（狂歌千首№０６８）

おはようございますサーズディ 曇り空に薄日射し込む南浦和上空なう昨夜はミラクル十三夜月見も雲に阻まれ拝めずに寂しかったです今朝も京浜東北線の車中から一首です
「人は人 花は花なれ 赤や黄に 互いに競い 言問うなくば」↑（狂歌千首№０６９）

「奥山に 化粧の朝を 迎えては 色めく人も 慌ただしきかな」↑（狂歌千首№０７０）

山口県長門市の地元ＦＭ放送局の人気ラジオ番組「ＦＭアクア」の姫こと玲奈さんを詠む
「長門には 金子みすゞに 似た姫の 朝のラジオに 歌も詠むとや」↑（狂歌千首№０７１）

「海図なき 珊瑚の海に 海賊の 荒浪わけて 嵐呼ぶらむ」↑（狂歌千首№０７２）

「棺桶に 入れるモノなど 何ひとつ ありもしないさ この身ひとつで」↑（狂歌千首№０７３）

「お宝は 大海原の 底に眠る 赤い珊瑚の いのち揺らぎて」↑（狂歌千首№０７４）

「言の葉を 赤や黄色に 散りばめて 月に託して 君の元へと」↑（狂歌千首№０７５）

「少子化と 騒ぎたてては 子の数を イッテンハチと 言うは哀しき」↑（狂歌千首№０７６）

「たれもみな ひとりのこらず びょうどうに あたえられたり ときとひとのし」↑（狂歌千首№０７７）

おはようございます霜月最初の金曜日 ＴＧＩＦ 今朝はよく晴れ上がり遠く富士山の雪化粧の姿も綺麗に見えます そこで一首です

「霊峰の 富士のお山は 逃げはせず 逃げるは人の 習いなりせば」↑（狂歌千首№０７８）

「疑いは 人の心にぞ 生じては 人の持ち物 吾にはあらずや」↑（狂歌千首№０７９）

※写真は越後湯沢の峠から撮影２０１４・11・03文化の日
「イヤホンの 内で弾ける サウンドの ＭとＭ聴くを 君は知るまい」↑（狂歌千首№０８０）

浅草酉の市は来週月曜日ですね 今日みたいに晴れたらいいね
「掻き寄せる 熊手のさきに 縁担ぎ 冬至かぼちゃに 家族団欒」↑（狂歌千首№０８１）

「川内を 正しく読める 人のかず 数えて虚し せんないことね」↑（狂歌千首№０８２）

「あれもこれ 噴き出す欲を 飼い慣らす ブレーキ修理 するは今でしょ」↑（狂歌千首№０８３）

「雨水を 集めて澱む 奥山に 溢れる想い ダムに遮る」↑（狂歌千首№０８４）

おはようございます凍える寒さの土曜の朝をゆっくり過ごします
「柿の実は なぜもみじの色に なるのかと 孫に問われて 息を呑み込む」↑（狂歌千首№０８５）

南浦和図書館、今朝本棚で出会って借りた本たち「交渉人勝海舟」「三十一文字のパレットby 俵万智」「働くお父さんの昔話入門」「人間臨終図巻2by 山田風太郎」「Yuming singles 1972―1976」

今日は新幹線に乗り久しぶりに故郷は愛知県刈谷市に昨年の霜月に亡くなった叔父の一周忌の法要でした

「蒼白き 壺よりもなお まだ白き 骨一掴み 野辺に納めり」↑（狂歌千首№086）

※写真はコメダ珈琲で 美味しかったミニシロノアール

「焼香の 煙りたなびく 念仏の 声のリズムを 眠気覚ましに」↑（狂歌千首№087）

「住職も 世代交代 若返り お経の声に 色も艶めき」↑（狂歌千首№088）

そこで短歌集です 日々の思いを歌に託して半年かけて全部で1000首詠みました自費出版の処女作新書版180頁です タイトルは「新・千趣宣誓」発行元はブイツーソリューション。自費出版で発行部数に限りがありますのでAmazonなどのネット通販からお求め下さい　なお引き続き年内には更に1000首続編で「続・千趣宣誓」世に出しますので　あわせてこちらもお楽しみにどうぞよろしくお願いします

「言の葉も　赤黄緑の　山の端に　乱れて色を　にじみ出しては」↑（狂歌千首№０８９）

おはようございます月曜日エンジンかかるまでいまもう少しの時間をくださいな　今朝も一首です

「人の目を　気にするならば　さざ波の　おのが心の　乱れかきけし」↑（狂歌千首№０９０）

「手のひらに　人の字を書き　ふっと消し　真っ直ぐ前の　人の目ぞ見ゆ」↑（狂歌千首№０９１）

「開・閉の　扉を仕切る　番人の　指先忙し　エレベータ奉行」↑（狂歌千首№０９２）

「年の瀬に　勘定奉行　鍋奉行酸いも辛いも　匙の差配に」↑（狂歌千首№０９３）

※写真は越後湯沢駅ナカで見つけた新潟の地酒利き酒コーナーの利き塩の数々 帰りぎわに一首です
「好きこそは ものの上手と 思い出し 煩わしさも ひととき忘る」↑（狂歌千首№０９４）
「燃え尽きる 星の欠片と 知りつつも 星に願いの ひとつやふたつ」↑（狂歌千首№０９５）

おはようございますチューズデイ今朝も一首
「青白き 瞬く星の オリオンの 肩を掠めて 消えた流星」↑（狂歌千首№０９６）
「豊かさも 貧しささえも 数字には 顕しきれず ひとつため息」↑（狂歌千首№０９７）
「琴線に 伝わる音の 弱けれど 君には届け 空を駆けては」↑（狂歌千首№０９８）
「立ち止まり 道ゆく人の 顔見れば 眉も険しき 木枯らしの吹く」↑（狂歌千首№０９９）
「差し伸べる 手を振り払い 俯いて顔を背ける 吾も悲しき」↑（狂歌千首№１００）

「大義なき 信のなき世に 禊とは 選挙暴挙と 無為の風吹く」↑（狂歌千首No.１０１）

「先送り 先に延ばして 今を避け ゆめまぼろしも 逃げ水のごと」↑（狂歌千首No.１０２）

「朝夕の 満員電車に 揺られては 往くも還るも 歌を詠みつつ」

「新・千趣宣誓」に継ぐ短歌集続編「続・千趣宣誓」がまもなく発刊のメドつきました クリスマスキャロルの聞こえる来月の下旬にも配本の見込みです 引き続きどうぞよろしくお願いします。

哀悼　高倉健さんに捧ぐ歌

「さくさくと 枯葉の乾く 音のように 男任侠 銀の幕閉じ」↑（狂歌千首No.１０３）

「あまつさえ 木枯らし凍みる 肌身にも お寒い国の 師走解散」↑（狂歌千首No.０１０４）

「狂言も ほどほどにして 独り舞台 吉凶占う 安倍の晴（声）明」↑（狂歌千首No.１０５）

「隠そうと すればするほど 顔に出る 本音本望 人には知れつつ」↑（狂歌千首No.106）

こんにちは青空晴れ上がるウェンズデー今朝の隅田川は昨日のことは何もなかったかのようにまるで静かにながれています

「ご破算で 願いましては 消費税 繰り上げしては 地方そうせい カネのばら蒔き 枯葉も山の賑わいに議員さん ふるさと目指し 駆ける師走に」↑（狂歌千首No.107）

帰りぎわにもう一首です

「明日からは 珈琲値上げ 円安の もろに直撃 今夜ため買い」↑（狂歌千首No.108）

「流行語 流行り廃りの 浮き沈み ダメよダメダメ ありのままなら」↑（狂歌千首No.109）

おはようございます日ごとに寒さもつのるサーズディ 今朝も一首です

「水しぶき 残して白く 隅田川 往き交う波も 凪と静まる」↑（狂歌千首No.110）

「鵜匠なら 束ねてみせよ 烏合の衆 雨散霧消の 党のゆく末」↑（狂歌千首№１１１）

上野御徒町駅で都営大江戸線に乗り換えて一首です

「護美ひとつ 落ちてはいない ニッポンの 朝の地下鉄 乗るは嬉しき」↑（狂歌千首№１１２）

「解禁の 知らせに気づく 木曜日 薄暮の薫る ワイン片手に」↑（狂歌千首№１１３）

「解散の 木枯らし寒し 永田町 どこ吹く風と 空席ばかり」↑（狂歌千首№１１４）

「『ありがとう』と伝えたくて 愛梨ちゃん 天使の歌声 久遠に響け」↑（狂歌千首№１１５）

おはようございます金曜日 今朝は思いもよらず友の訃報に接しとても寂しい朝を迎えました

故田中淳二さんのご冥福を心からお祈りします 友を見送る手向けの歌に

「君はもう 向こうの岸へ 渡り切り 振り向きざまに 高く手を振る」↑（狂歌千首№１１６）

それに今日は26年前の今日亡くなった祖母の命日
「御加減は その後いかがと 手をあわせ 祖母の位牌に 線香燻らし」↑（狂歌千首No.117）

「厠（かわや）まで 携帯電話 持ち込んで 話す声聞く いともせつなき」↑（狂歌千首No.118）

「寒々と ねじりハチマキ この師走 名のみ連呼で 走る政治家」↑（狂歌千首No.119）

「明日からは 師走に向けて 下準備 まつりごとさえ 三連休かな」↑（狂歌千首No.120）

「ひとときの ジャズバラードに ジンフィズの 酔いに任せて 腹に凍み入る」↑（狂歌千首No.121）

@六本木Satin Doll 吉本ひとみThe 15th anniversary Live 2014・11・21吉本 ひとみさんと一緒です
「クリスマス ソングを聞けば まさかとは サンバのリズム これがまた合う」↑（狂歌千首No.122）

群馬県利根郡三国峠にある源泉掛け流しの古湯、川古（かわふる）温泉にて湯舟の足下からお湯が泡と混じって湧き出てきます２０１４・11・23※添付の写真は男湯の内湯ですが潜り戸を抜けた外には山あいに野天風呂しかも混浴でした おはようございます東京は雨の火曜日 休み明け 今朝も京浜東北線の車中から一首

「ぬるま湯に 肩首すぼめ 野天風呂 身をもこころも 紅く染めては」↑（狂歌千首№１２６）

「山渓に 異国のことば 湯のけむり 肌ふれあうも 他生の契り」↑（狂歌千首№１２７）

「碧い目に 映るもみじの 風に舞う 水面に揺れる しじま輪になり」↑（狂歌千首№１２８）

「湯の華にこころ乱れて 混浴の 肩身も狭く 軽く目を閉ず」↑（狂歌千首№１２９）

「曇天に もみじの色の 鈍きにも 代わりに咲くや パラソルの華」↑（狂歌千首№１３０）

「椋鳥の 羽根を休める 足下に 薄ら笑いの 選挙看板」↑（狂歌千首№１３１）

「青白く 芯まで冷えた 君の頬 ほぐれて紅く 湯の華開く」↑（狂歌千首№１３２）

「薄暗く 映る我が身の 車窓には 少し歪んだ タイの結び目」↑（狂歌千首№１３３）

「霜月の 末にしのつく 長雨の 眺めも曇る 空恨めしき」↑（狂歌千首№１３４）

「くるくると 風に舞い散る 言の葉も 朽ちて埋もれり エスエヌエスは」↑（狂歌千首№１３５）

「ふるさとの 地盤・看板 金庫番 師走選挙の ビッグバンかな」↑（狂歌千首№１３６）

おはようございます北風強く冷たい雨の降る水曜日 今日は語呂合わせなら「いいふろ」の日なのに

「仮の宿 仮の姿に まぼろしの 仮の思いぞ 仮の吾が身は」↑（狂歌千首№１３７）

「綺麗ごと 並べてみては 謀りごと 信なき人に 人は動かず」↑（狂歌千首№１３８）

「断層は 白馬にあらず 吾がこころ 地上に出でず 千々に悶えて」↑（狂歌千首No.１３９）

今日11月26日はせっかくの「いい風呂」の日なのにね

「楽しみは 木の葉舞い散る 野天風呂 湯の華眺め 君と呑む酒」↑（狂歌千首No.１４０）

「戦うと拳を挙げて 声高に いったい何に挑むというの たかが選挙の平和ボケかも」↑（狂歌千首No.１４１）

オヤジの処女短歌集「新・千趣宣誓（２０１４年８月発行）」に続きましておかげさまで早くも「続・千趣宣誓（ぞく・せんしゅせんせい）」としてさらにバージョンアップ もぎたての千首を纏めて新書版でまた上梓できる見通しとなりました12月下旬クリスマスキャロルの聞こえる頃にはお届けできる予定ですどうぞよろしくお願いします

「この花は 去年の花に あらずして 色も形も 元に戻らず」↑（狂歌千首No.１４２）

おはようございます雨上がりの清々しい木曜日です今日も一日笑顔を絶やさずに 11月最後の日曜には

あの人工衛星「はやぶさ2」がいよいよ打ち上げ発射ですね鹿児島の種子島から大宇宙に向かって打ち上げへ
そこで一首です
「はやぶさの 旅立つ宙を 見上げれば 時を隔てて 夢の果てなき」↑（狂歌千趣No.１４３）
※添付の写真は今朝の南浦和駅前から見上げた清々しい青空 さらに一首です
「ＡＫＩＨＡＢＡＲＡ（秋葉原）終わったはずの 総選挙 おのおの方の異趣な討ち入り」↑（狂歌千趣No.１４４）
「清みわたる 隅田の川の 摩天楼 水面に映す 秋シンメトリー」↑（狂歌千趣No.１４５）
「最高裁 票の格差に 警鐘も どこ吹く風の 暮れの選挙へ」↑（狂歌千趣No.１４６）
「新聞の見出しにみんな解党ご破算で ぜんぶ解党 そういう意味ねこのたびの 大義なき世にどこ吹く風の 風見鶏 無為空振りの空選挙 テーゼ無き人 首をかしげりアベノミクスの夢のまた夢」↑（狂歌千

趣No.１４７）

お昼休みに一首です

「年の瀬に 年初の誓い 思い出し 悔しさ積もる ホワイトクリスマス」↑（狂歌千趣No.１４８）

「そのいのち 明日にもあるか 今日の日に 愛する人と 語り尽くせば」↑（狂歌千趣No.１４９）

「これやこの みそひともじの ことばさえ わが子のごとし 親のこころは」↑（狂歌千趣No.１５０）

「去り際に 目が泳いでる 皆がみな 離ればなれの 時を読みつつ」↑（狂歌千趣No.１５１）

栃木県塩原温泉郷 元湯えびすや旅館で 日帰り入浴なう 塩原でも最古湯で間欠泉の弘法の湯＆胃腸糖尿病に特に効能ありという梶原の湯にじっくりたっぷり湯治させていただきます

「とちぎ路の にごり湯やさし 混浴の 足のつま先 肌に触れつつ」↑（狂歌千趣No.１５２）

おはようございます☆いよいよ師走突入ですね　雨模様のマンディー　今朝も京浜東北線の車中から一首です
「人知れず　人の通い路　支えては　揺れても堕ちぬ　人の架け橋」↑（狂歌千首No.153）
※写真は栃木県塩原温泉郷にもみじ谷の大吊り橋の橋上で撮影しました　2014・11・30
「濡れ落ち葉　集めて澱む　鬼怒川に　鷺のつがいの　羽根休めをり」↑（狂歌千首No.154）
「こだわりに　こだわる人の　迷い道　こだわりぬけば　消えるこだわり」↑（狂歌千趣No.155）
「心亡き」と書いて「忙」と読むのね　そこで漢字の意味シリーズで一首です
「せわしなき年の瀬師走こころ亡く　今年の仕上げ感謝忘れず」↑（狂歌千趣No.156）
「ツイートに　託す言葉は　短かくて　歯痒さ募る　立ちて候補者」↑（狂歌千趣No.157）
「グラビアに　露出度高く　晒す肌　嬉しかったり　悲しかったり」↑（狂歌千趣No.158）

紅葉オータムからホワイトウィンターへパンジーの花咲くクリスマスツリー 季節の変わり目の不思議な光景みつけました @東北自動車道下り某SAにて 2014・11・30 帰りぎわに一首です
「紅珊瑚 マグマに原油 レアアース 地球のタカラ黙して語らず」↑(狂歌千趣No.159)

「足早に 過ぎ去る時の 背中越し あともう少し 追いつ追われて」↑(狂歌千趣No.160)

おはようございます寒さ染み入るチューズデイ 今朝も京浜東北線の車中から一首です
「壁ドンの 集団的な 自衛権 だめよダメダメ ありのままでと」↑(狂歌千趣No.161)

「今ごろは 天国駅の 鉄道員(ポッポや) と トラック野郎の 目尻ほほ笑み」↑(狂歌千趣No.162)

「上善は 流れる水の 急流に 澱む小石の 苔むすほどに」↑(狂歌千趣No.163)

「国会を バラして酷く 無駄使い モノカネ欲の 螺旋迷路へ」↑(狂歌千趣No.164)

「つぶやきに 語る公約 短かけれ 語り尽くせぬ いとも淋しき」↑（狂歌千趣№１６５）

「言の葉の 浮いては沈む ネット河 銀杏紅葉の 色も薄れて」↑（狂歌千趣№１６６）

「母の手に つれて曳かれて 仁義なき 映画の血潮 臆し泣いた日」↑（狂歌千趣№１６７）

「ポスターの 仮面の奥に こころざし ありやなしやと 紙背に徹す」↑（狂歌千趣№１６８）

おはようございますウェンズデー はやぶさ2の打ち上げまであと数時間と迫りましたね 今朝は二日酔いの朝を迎えました昨夜、恩師・先輩たちに囲まれ語り尽くせぬ思い出に華が咲き幸せなひととき
でした

「先達に 学びし教え いまいちど 教わりなおす 恩に報いて」↑（狂歌千趣№１６９）

「香水と 煙草の混ざる 残り香を 上下に運ぶ 鉄箱に乗る」↑（狂歌千趣№１７０）

「星の砂 地球に届け 星屑に 散りしはやぶさ 発つやふたたび」↑（狂歌千趣No.171）

「夢を乗せ 希望託して はやぶさの 晴れの旅立ち 瞼に焼き付け」↑（狂歌千趣No.172）

オヤジの直感短歌集「続・千趣宣誓」もうじきクリスマスの頃に出版の見込みです Amazon、セブンネット、hontoなどのネット書店からお求め下さい そして帰りぎわに京浜東北線の車中から一首です

「携帯の 呼び出し音の クリスマス ソングは暫し そのままにして」↑（狂歌千趣No.173）

おはようございます日に日に寒さもましてきますサーズディ 今朝も京浜東北線の車中から一首です

「空を読み 風を読んでは 票も読む いまだに君の こころ読めずに」↑（狂歌千趣No.174）

※写真は今朝のさいたま市内南浦和駅前ら見上げた空

「曇天の 雲の向こうに 満月の ニッコリ笑う 姿想いて」↑（狂歌千趣No.175）

「綺麗麗キラ 奇跡コラボの 歌謡祭 そぞろ目移り 嬉し涙も」↑（狂歌千趣No.176）

「あの空に 旅立つ君は さびしかろ 人には知らせ 約束の星」↑（狂歌千趣No.177）
御徒町駅で都営大江戸線に乗り換えて満員電車に揺られて一首です
「目の前の テカるおでこに 薫る髪 君との距離の いかで近くも」↑（狂歌千趣No.178）
「メルアドの たったひと文字 変えてみて 疎遠となるや ただのメル友」↑（狂歌千趣No.179）
「朝夕に 人身事故の アナウンス 耳を塞いで 眉をひそめつ」↑（狂歌千趣No.180）
「人でなく 数を頼りに 政治家の 戦の旗は 何と戦う」↑（狂歌千趣No.181）
「一票の票の格差に目もくれず わき目もふらず 拳掲げる金と政治の いかに空しき」↑（狂歌千趣No.182）
「目の前の 君のおでこに 口づけを そんな衝動 軽く抑えし」↑（狂歌千趣No.183）

iPhone内蔵の音声認識システムのお姉さんと会話してみる
「寂しさに 語りかけては Siriあいに 恋人ありと Siriもせずとは」↑（狂歌千趣No.１８４）
※添付の写真は五年前ほぼ凍りついてしまった時のナイアガラの滝の様子です　帰りぎわにも一首です
「少女から レディーに変わる タレントの 徐々に薄着になるぞ悲しき」↑（狂歌千趣No.１８５）
「段ボール ほどの人工衛星に幸多かれと宙の旅路へ」↑（狂歌千趣No.１８６）
「割れ鍋に 綴じ蓋なれば 年忘れ ふうふほほ寄せ 鍋焼きうどん」↑（狂歌千趣No.１８７）
「寒ければ 猛暑の 夏を懐かしむ この我が儘に 君は笑うな」↑（狂歌千趣No.１８８）
おはようございます～師走最初の華の金曜日 今朝も京浜東北線の車中から一首です
「あの人と 娘指差す その先に うつむく父の こころ侘しき」↑（狂歌千趣No.１８９）

※添付の写真は今朝のさいたま市内南浦和駅前の空模様です
「吐く息で 曇るガラスに 傘を描き 相合傘の 下に名を書く」↑（狂歌千趣No.190）
「信なくば 糊塗粉飾の 言の葉に 胸も打たれてときめくものかは」↑（狂歌千趣No.191）
「親指と 眉間の皺に 念込めて スマホつぶやく サイレンナイト」↑（狂歌千趣No.192）

人生に必要な「あいうえお」を句の頭にちりばめて一首です
「あきらめず いかりしずめて うれいなし えがおたやさず おだやかにあれ」↑（狂歌千趣No.193）

お昼休みに東京中央区 築地市場と隅田川なう 行雲流水 2014・12・05 人生の後悔術「か行」かきくけこを句の初めに散りばめて一首です
「かくあれば きのうのことで くるしまず けいしょうならせ こころひらきて」↑（狂歌千趣No.194）

今度は「さ行」さしすせそを句の頭に置いて一首です
「さかいめの しおのみちひき すべからく せかいのうみと そらにみちびけ」↑（狂歌千趣No.195）
土曜日の午後のお楽しみ 百歩ラーメン南浦和店 定番の百歩ラーメンはとんこつ白湯スープ魚介系も入ってスッキリ 私のお気に入りで一首です
「トンコツの麺は細めのストレートかため替え玉味たまにコッテリーノでサッパリーノ」（狂歌千趣No.195）
おはようございます〜ハッピーサタディ 土曜日といえばマイライブラリー
私の書斎がわりの南浦和図書館にきています そして今日縁あって書架で私と出会うことになった本たち
「藤田嗣治 異邦人の生涯」「フェルメール光の王国 by 福岡伸一」「白洲次郎の生き方by 馬場啓一」「イスラムものしり事典 by 紅山雪夫」「吉村昭が伝えたかったこと by 文藝春秋編」「マーフィー人生は思うように変えられるby J・マーフィー」他数冊 ※写真は昨日出会った素敵なミュージシャンのMarieさん。ピアノ弾き語りコンサート2014@品川きゅりあんにて

「満つ月の 青い明かりに 照らされる いまはやぶさは 何処の宙にか」↑（狂歌千趣No.196）

二週続けてさいたまから東北自動車道を北へ二時間半ドライブして栃木県塩原温泉郷にまたもやって
きました今日は暦の上で大雪ですね　さすがに栃木の山奥にも雪がちらついてきました　外気温度は
というと0度そこで一首です
「杣の湯に 湯の華めがけ 雪の華 那須塩原に 雪の降り積む」↑（狂歌千趣No.197）

「とちぎ路に 木の葉に代わり 雪の華 湯けむり混じり 湯の華となるらむ」↑（狂歌千趣No.198）

おはようございます12月8日
ある意味で今朝はパールハーバー的な寒さ厳しい月曜日 今朝も京浜東北線の車中から一首です
「あと五分 あと三分の 二度寝にも 目覚ましベルの 容赦なき音」↑（狂歌千趣No.199）

「ぐるぐると 頭の中に リフレイン ピアニッシモの サビの旋律」↑（狂歌千趣No.200）

「十本の 指を合わせて ハート形　二人で作るビッグスマイル」↑（狂歌千趣No.２０１）

「堀北の 冷たい笑みの 霧の旗 女優開眼 真希のビィーナス」↑（狂歌千趣No.２０２）

「討ち入りは赤穂浪士のこころざし いざ果たせやも武士の正道」↑（狂歌千趣No.２０３）

※添付写真はシンガーソングライターのＭａｒｉｅさんのピアノ弾き語りコンサート２０１４のスナップショット 撮影ＯＫの本人の許しを得て一枚

「曙光」２０１４・12・08 午前7時@埼玉県さいたま市南浦和駅前 そこで一首です

「この国の 政局憂う 早暁に 光あふれる 希望あれかし」↑（狂歌千趣No.２０４）

「世代別 選挙に寄せる 関心度 歳相応の パーセントかも」↑（狂歌千趣No.２０５）

「とちぎ路へ つづく県道 道の駅 新鮮野菜の 安さ新鮮」↑（狂歌千趣No.２０６）

来週の12月14日はあの赤穂浪士討ち入りの日でしたね そこで一首です
「底冷えに 肌身しみいる 総選挙 世に討ち入りも ありやなしやと」↑（狂歌千趣№２０７）

「ポスターの 笑顔の影に 舌を出す そんな候補に 票はいれない」↑（狂歌千趣№２０８）

帰りぎわに一首です
「艶やかに 彩る華の 色褪せる ピアノ奏でる 君の前では」↑（狂歌千趣№２０９）

「国籍も 言葉も肌も 差はあれど 地上にあれば いのちはひとつ」↑（狂歌千趣№２１０）

おはようございます今朝はまた一段とチョー寒いチューズデイ 今朝も京浜東北線の車中から一首です
「鉛筆で 意中の人の 名を描き 託す一票 祈る一票」↑（狂歌千趣№２１１）

「もうひとつ その欲ひとつ 捨てちゃえば さぞかし軽く 身をもこころも」↑（狂歌千趣№２１２）

「ニッポンの お洗濯なら 幕末の 龍馬のころに はじめたはずさ」↑（狂歌千趣No.２１３）

「悪し様に 文句を垂れる わが娘 血はあらそえぬ 親の邪鬼かも」↑（狂歌千趣No.２１４）

※写真は土佐の高知の桂浜 坂本龍馬の銅像

ＦＢ友の畑中敏明さんから頂いたコメントにビビッドにお答えしてもひとつ一首です

「寒さゆえ 身をもこころも 縮みあがり 噴き出す言の 冴えざえしかも」↑（狂歌千趣No.２１５）

「紙切れに 意思を書き留め 箱に投げ 寂しからずや 票の軽さに」↑（狂歌千趣No.２１６）

「意味のない 誹謗中傷 疑念なら 野にも捨て置け 耳も貸さずに」↑（狂歌千趣No.２１７）

「ガラケーを 使いこなせば 片手間に 両の手使う スマホ悲しき」↑（狂歌千趣No.２１８）

「街角に ポインセチアの 花並び ジングルベルの 音風に舞う」↑（狂歌千趣No.２１９）

「ムーミンの 街の明かりが 綺麗ねと ブルーライトの 栄誉耀く」↑（狂歌千趣№220）

「時季巡り 過去も未来も まぼろしの ただ蜉蝣の 影に怯えり」↑（狂歌千趣№221）

「つながりを つなぐきづなの つなのはし つなげる手と手 はなすものかは」↑（狂歌千趣№222）

おはようございます今日は朝からカラカラ乾くウェンズデー今朝も京浜東北線の車中から一首

「粗大ゴミ とはいわせない 使い捨て 無くして気づく 護美の心根」↑（狂歌千趣№223）

「タテの糸 親と繋がる ヨコの糸 友と繋げる 螺旋に編んで」↑（狂歌千趣№224）

「街頭で こうべを垂れる 候補者の こわばる笑みの 凍る哀しき」↑（狂歌千趣№225）

「延命を 謀れば謀れ 政権の 盛者必衰 いづれ待たなむ」↑（狂歌千趣№226）

「クリスマス ブーツの中に 何あるのと 孫に問われて 悩むジジババ」↑（狂歌千趣№２２７）

「ワンコイン ふたつ財布に 入れておき これで一日 足ると知りつつ」↑（狂歌千趣№２２８）

高速エレベーターに乗って一首
「さまざまに 匂ひ残して 鉄の箱 上下左右に 薫り薄れり」↑（狂歌千趣№２２９）

自費出版のオヤジの短歌集全部で１０００首です。ぜひもうすこしでも多くの皆さまに読んで楽しんでくだされればこの上ない喜びです「新・千趣宣誓（しん・せんしゅせんせい）Amazonなどネット書店から検索下さいね
そして年内には続編、出版します…著者より「隅田川&黄昏時」なう ２０１４・12・10 帰りぎわに一首。
今日から施行される特定秘密保護法暗闇のダークフォースへ
「今日からは 内緒にしてね それだけは 人に漏れたら ダメよ〜ダメダメ」↑（狂歌千趣№２３０）

「吹き出しに 文字の代わりに 絵スタンプ 押して親指 グッドジョブかも」↑（狂歌千趣No.231）

「カーナビに Siriの姉さん 組み入れりゃ 弾む会話に 素敵ドライブ」↑（狂歌千趣No.232）

「足元に スペクトラムの 七色の 虹の橋から 君のもとへと」↑（狂歌千趣No.233）

おはようございます乾燥して肌もカサカサ喉の渇きもサーズディ 今朝は都営大江戸線の車中から一首です

「あの空の 向こうの空に ジングルの 鈴の音微か 耳をすませば」↑（狂歌千趣No.234）

※写真は今朝のさいたま市内南浦和駅前の駐輪場から見上げた空2014・12・11 7：00am

「銀行の 普通預金の 利息より 楽しみ殖える 街のポイント」↑（狂歌千趣No.235）

「宵闇に 目覚めて探す 枕元 ランプ灯して 古書を友にす」↑（狂歌千趣No.236）

※写真は都営大江戸線勝どき駅前のコンビニ前で偶然見つけた小さな小さな地上に降りた虹のかけらに足を止め「勝どき橋ライトアップ」２０１４・12・11 東京スカイツリーのライトアップ夜景をアップします

東京スカイツリーなう今夜のＬＥＤ照明はノーベル賞の受賞のお祝いに特別バージョンらしい ２０１４・12・11

「一燈を 君と仰ぎて 夜空には 星も月さえ しばし隠れて」↑（狂歌千趣№２３７）

紅い蝋燭東京スカイツリーなう その２ ２０１４・12・11 @押上駅前そして一首です

「聳え立つ 紅い巨搭に 誉れあり ただ自燈明 ただ法燈明」↑（狂歌千趣№２３８）

６３４ｍのクリスマスツリーライトアップ東京スカイツリー その３ そして一首です

「手袋の 指を重ねて 吐く息に ツリーの明かり 紅く映して」↑（狂歌千趣№２３９）

「期日前 投票済ませ しあさって 夫婦野天の 温泉宿へ」↑（狂歌千趣№２４０）

おはようございます栄誉あるノーベル賞に誇らしく昨夜の東京スカイツリーもお祝いしていましたね
「夜空には 煌めく星の 蒼さより 曇るブルーの 君の横顔」↑（狂歌千趣No.２４１）

「街角に 居並ぶ顔の ボスターは 色即是空 氷の微笑」↑（狂歌千趣No.２４２）

「若輩は 師を走らせて 知らん顔 学びておもて なしと知らされ」↑（狂歌千趣No.２４３）

「年の瀬にツリー門松並ばせて コタツ囲んで蜜柑皮むき シャンパーニュ苺ケーキに蝋燭たてりゃ 家族団欒すき焼き鍋に舌鼓 久保田千寿も冷や酒で 和洋折衷 それが師走のジャパンダフルさ」↑（狂歌千趣No.２４４）

「ひとりの師 ただ一冊の 本とペン 一人の少女マララスマイル」↑（狂歌千趣No.２４５）

いろは歌で一首「あいうえお」を各句の頭に揃えてみました
「あえるなら いつまでもまつ うつせみの えにしのきずな おとづれるまで」↑（狂歌千趣No.２４６）

「ひとりでは　かかえきれない　ことどもを　みなでわければ　ふえるよろこび」↑（狂歌千趣No.２４３）

「垂れ込める　雲を境に　上と下　天にはやぶさ　地には雪　人に争い　いかで病めたり」↑（狂歌千趣No.２４４）

「開票の　８時と共に　花咲くや　仮設事務所に　胡蝶蘭でも」↑（狂歌千趣No.２４５）

帰りぎわに御徒町駅前にて一首です
「偶然に　君と出会えた　幸運は　宝くじ並み　億の確率」↑（狂歌千趣No.２４６）

※写真はご存知浅草の仲見世雷門の大提灯と夜陰にまぎれたオッサン帰りぎわに一首です
「二時間は　捜さないでと　言い残し　スマホ電源　オフにする夜」↑（狂歌千趣No.２４７）
※写真は浅草寺のライトアップ

おはようございます青空高くご無サタディ今朝は南浦和図書館です　今日出会った本たち

「永井荷風の昭和　ｂｙ　半藤一利」「陰花の飾り　ｂｙ　松本清張」「寺山修司　ポケットに名言を」しがみつかない徒然草のススメ　ｂｙ　鈴村進」　ほか　お気に入りのＣＤも数枚借りました
※写真は間もなく自費出版で発行しますオヤジの短歌集の続編「続・千趣宣誓」の新書版表紙。そして一首
「常在が　戦場という候補者は　いったい何に　いくさを挑むか」↑（狂歌千趣№２４８）
おはようございます今朝はばたばたと投票済ませてから群馬県は吾妻郡中之条町に四万温泉にほどちかい沢渡（さわたり）温泉にやってきました　いやはや体重計が怖い今夜はおのおの方、主君の仇、討ち入りの時でござる　そして一首です
「小雪舞う　群馬の麓の　沢渡の　一浴玉の　肌に湯気沁む」↑（狂歌千趣№２４８）
「選挙区で　破れた人の　比例区で　敗者復活　笑みも無い世に」↑（狂歌千趣№２４９）
おはようございます☆いつもと変わらぬ月曜日　今朝も都営大江戸線の車中から一首です
「大義なき　選挙結果の　翌朝に　新聞休みと　知るは虚しき」↑（狂歌千趣№２５０）

「選挙より もっと気になる バルセロナ ユズルジャンプに 胸ときめかせ」↑（狂歌千趣No.２５１）

「数恃み 人の顔さえ 知りもせで 政治のゆくえ どの道歩む」↑（狂歌千趣No.２５２）

「半分は選挙結果を語り草また半分は無関心どこ吹く風の風見鶏とは」↑（狂歌千趣No.２５３）

※写真は五年前にほぼ氷結してしまった時に訪れたナイアガラの滝の様子（２００９・01・22撮影）です

「総選挙 エーケービーには 程遠し 投票率も 人気の程も」↑（狂歌千趣No.２５４）

「いいねには ふたつの意味が あるという どうでもいいねに それならいいね」↑（狂歌千趣No.２５５）

「惜敗率並べて上から順 敗者復活 あるまじきかな」↑（狂歌千趣No.２５６）

今夜は 頭痛で検査入院です おやすみなさい

千趣宣誓3

おはようございます冷たい小雨模様のチューズデイ 今朝は入院先の病院から一首です

「明日あると おもういのちの 軽けくも 今日の命を いかに生くべき」↑（狂歌千趣No.257）

第二章　玄冬

「この道はいつか来た道思い出せ　次の岐路にもきっと迷わず」↑（狂歌千趣№２５８）
※写真は埼玉メディカルセンターの八階の病室の窓から北へさいたまスーパーアリーナのあるさいたま都心方面の風景２０１４・12・16

でもダイジョウブ。主治医の説明によると入院期間は三〜四日間でステロイドというホルモン剤の投薬で神経を緩和させる治療入院で週末まで済みそうです。ホッとひと安心です。検査の結果神経外科の専門ドクターの診断は「顔左半面末梢神経痛」なにしろ初めてのことで昨夜は慌てました。まさかの脳梗塞脳卒中ではと内心は心配していましたが有り難いことにその心配は無くなりました 早めの対応 支えてくれた家族に感謝。
クリスマスには家族友人たちときっと笑い話でパーティーに花が咲くことでしょう「心配ご無用」そして大部屋ベッドから一首です
「心配の種を即座に刈り取るは　少しの勇気いのち物種」↑（狂歌千趣№２５９）

「ありがとうを伝えたくてあなたには　きっと届けと微弱テレパス」↑（狂歌千趣No.２６０）

「四万のやまひの種を水に流し　心の傷も清めたまえや」↑（狂歌千趣No.２６１）

「入れ替わり立ち代わりては看護婦の　朝日のやうな白衣にすがる」↑（狂歌千趣No.２６２）

「壁ぎわに寝返りうって夜明け前　隣ベッドの呻く声聞く」↑（狂歌千趣No.２６３）

「歌うとはこころの奥で 訴える演歌もしかり短歌もしかり」↑（狂歌千趣No.２６４）

「雨音に気づいて今朝は病室の　ベッドで聞くの12月の雨」↑（狂歌千趣No.２６５）

おやすみなさいの前に一首です

「願わくは エディットピアフの シャンソンを 聞いて旅立つ 極楽浄土」↑（狂歌千趣No.２６６）

「顔面の左半分歪みおり　たけしの顔にくりそつねと妻の指摘にふたりで笑ふ」↑（狂歌千趣No.267）

「死ぬときに残す言葉はありがとう　決めておいたさ妻へのことば」↑（狂歌千趣No.268）

「初恋の恋に焦がれて恋破れ　恋を重ねて時を経てやがては愛へと生命育てよ」↑（狂歌千趣No.269）

「病室の夕餌は6時早すぎて　夜の夜中に鳴くは腹虫」↑（強化選手No.270）

「これを機に商の道から歌の道　ギアチェンするもそれもまた佳し」↑（狂歌千趣No.271）

「ありのまま思いを告げよ裏腹に　口に出るのはいつも言い訳」↑（狂歌千趣No.272）

「ストレスの強いかたまりどこにある　この手にとって見たことも無し」↑（狂歌千趣No.273）

※写真は我が最愛の孫娘、いつき（樹）ちゃん「明暗」おはようございます雨上がりのウェンズデー
今朝もさいたま市内のメディカルセンター入院三日目の朝に一首です
「目覚めれば 今日もいのちの あるかぎり 生きて生きて 生きてゆくのだ」↑（狂歌千趣No.274）

※写真は今朝6時30分 さいたま市内 病室八階の窓外の朝焼け

『蟻のごとくにあつまりて、東西にいそぎ、南北にわしる。高きあり、賤しきあり、老いたるあり、若きあり。行く所あり、帰る家あり。夕べにいねて、朝に起く。いとなむところ何事ぞや。生を貪り利を求めてやむ時なし。身を養ひて何事をか待つ。期する所、ただ老と死とにあり。』（徒然草第七四段）より　by吉田兼好法師

「行く雲のゆくえを眺め尋ねても　口をへの字に曲げて答えず」↑（狂歌千趣No.275）

「生かされてひとりで生けぬしがらみの　人のたてよこななめあみにまもられ」↑（狂歌千趣No.276）

※写真は さいたま市上空 ２０１４・12・17
病院ｄｅ昼食 塩分控え目なれどほぼ一般的常食メニューです 幸いにも週末には退院できそうです皆さんからいただいた暖かい応援のメッセージにお一人づつに感謝しますもう少しの間だけ治療に専念します
「この生身 南瓜林檎に同じぅし　熟れて腐ってまた実を結ぶ」↑（狂歌千趣№２７７）
『近き火などに逃ぐる人はしばしとやいふ。身を助けむとすれば恥をも顧みず財をも捨ててのがれさるぞかし。命は人を待つものかは』（徒然草第五九段）ｂｙ 吉田兼好
写真は今から五年前の盛夏２００９・08・23青森県は十和田湖奥入瀬川沿いの水辺遊歩道にて撮影
「清流の 水の清きに 魚すら 息することも 許さざりとは」↑（狂歌千趣№２７８）
「酒を断ち 仕事も断ちて今もなお　断ち切ることの出来ぬ人の輪」↑（狂歌千趣／強化選手№２７９）
※添付したのは万が一の時にありし日の秘かに遺影がわりにと隠しておいたセルフィフォト写真公開

します

『身死してたから残ることは智者のせざる所なり。よからぬ物貯へ置きたるもつたなく よき物は心をとめけむとはかなし』↑徒然草第一四〇段より by 吉田兼好法師

どこまでも青空広がるさいたま市の病院からおはようございます

今朝はMRIの検査結果があってドキドキしましたがドクターから頭の中の血管は異常なしと言われホッと安心できました。右脳・左脳ともノーブロブラムで左顔面神経痛も入院集中治療で徐々に回復途上で明後日土曜日には退院が決まりました月曜日からは一週間ぶりの社会復帰です 皆さまの温かな励ましのメッセージに支えられ心折れそうになった時とても心強かったです ありがとうございました

FB友のみなさん一人ひとりにこころから感謝です　@2014・12・18

「求めない 飢えず凍えず 雨風と 病（やまひ） 凌げば 少欲知足」↑（狂歌千趣№280）

パキスタンで酷い卑劣テロの犠牲となった大勢の無垢の子供たちに鎮魂の祈りを捧げます（合掌）

日付の変わる時刻になかなか寝付かれない夜にひとり病室のベッドから一首です

「かろうじて命からがら繋ぎ留めし　命の息吹き子らに届けと」↑（狂歌千趣№281）

「病院も悪くはないよ仮の宿　峠越せれば里の別荘」↑（狂歌千趣No.２８２）

「健康を損ない気づくこの命　有り難きかなホメオスタシス」↑（No.２８３）

「代償は左顔面神経の　軽度麻痺にぞ命救われ」↑（No.２８４）

「気がつけばアベのみクスリと苦笑い 語るに堕ちた国の行く末」↑（No.２８５）

「この次はレッドカードと心得て　欲は少なくいのち長めに」↑（No.２８６）

「一冊の文庫手にして救急の 門を叩いて怯えしあの夜 妻の手握りあとのこと
託して笑みも消えぬれば　今こそ命 永らえば 感謝溢れて 顔歪みをり」↑（No.２８７）

※写真は孫の湊（みなと）くん１才

「オリオンも 北斗の星も 朝靄に 瞬く光 だんだん溶けてく」↑（No.２８８）

おはようございます金曜日　朝一番のさいたま市の朝焼けのグラデーションです
埼玉メディカルセンター八階の窓辺から北西を眺めて２０１４・12・19
「北の空 かすかに望む 雪山は きっと智恵子の安達太良山か」↑（№２８９）

「エメラルド水晶の玉よりなお　碧い地球のほかに棲む処なし」↑（狂歌千趣№２９０）

「国境も人も差別も見えもせず　ただただ蒼いまあるい小舟」↑（№２９１）

「おひさまとなかよくならぶひまわりを　あおぐ地球も宙に浮かべて」↑（№２９２）

「シトラスの かすかな香り 忍ばせて 検温してく 若き看護婦」↑（№２９３）
ここでＦＢ友の宇津野勝也さん添削により改編です、宇津野さんサンキュー
「シトラスの微かな香り検温の　若き白衣に微熱のありき」↑（№２９３改）

「体内に 張り巡らせた 神経の 網の仕組みの 宇宙の神秘」↑（№２９４）

「しおりにと挟んでおきしもみじばに　薄紅残す白い病室」↑（№２９５）

「重箱の隅をつついて微細胞あるのないのと騒ぐマスコミ主婦のチャレンジ笑う莫れと」↑（№２９６）

「病得て三日三晩に三キロの　身を削りても嬉しからずや」↑（№２９７）

「暗黒に浮かぶ地球に上下なく　左右も国も境もなきゆえ」↑（№２９８）

病院にサンタがナースを連れてやってきた

２０１４・12・19　@埼玉メディカルセンター八階病室にて明日12／20の土曜の朝　やっと退院決定そこで一首です

「ファントムの白いマスクを欲しいのは　左顔面麻痺の横顔」↑（№３００）

「此岸から彼岸を分かつ三途川　恃みの杖は肌身離さじ」（№３０１）

「清流をさらさら注ぐ水の音に　重ね合わせる吾が血潮にも」↑（No.302）

※写真は昨夏栃木県奥鬼怒川水辺を散策の折りに撮影

「背中ごしふいに抱き寄せ君の目を　隠す手払い触れし唇」↑（No.303）

「川底に沈む言の葉拾い上げ　濁れる塵をしばし乾かせ」↑（No.304）

「最寄り駅歩いて五分と知らせたのに　一年かけて君は来たんだ」↑（No.305）

「お湯張りの満ちる知らせのメロディを　思わず口づさんでる朝」↑（No.306）

「アマデウス君のこころに浮かぶ旋律を　言葉に替えて一首詠めたなら君にも都届け千趣宣誓」↑（No.307）

「オペラ座の孤舟を囲うファントムの　仮面の奥に隠す心根に少しは近づけたそんな気がする」↑（No.

３０８）

おはようございますサンデーモーニング 雨上がりの青空はすがすがしい
ましてや退院できた翌日に空気もおいしい 今朝は溜まってしまった図書館の本をお返しにきました
「雨上がり青空高く白い雲　どこ吹く風と吾が年の暮れ」↑（狂歌千趣№３０９）

南浦和図書館で今朝私に縁あって出会ってくれた本たち
「すらすら読める徒然草 ｂｙ 中野孝次」「この国のかたち １９８６―１９８７ ｂｙ 司馬遼太郎」「ほんまもんでいきなはれ ｂｙ 村瀬明道尼」「自分でできる免疫革命 ｂｙ 安保徹」「ストレスが消える、消える、消えるｂｙ 笠巻勝利」以上の五冊でした。返却日は2週間後 きっちり守ります ※写真はさいたま市南区自宅付近から見上げた空２０１４・12・21 - Sunday
さいたま市南浦和図書館前のバス停前で見あげた蜜柑たちに退院の感謝と喜びのご挨拶をつぶやいた
２０１４・12・21 日曜そして一首です
「手のひらにのせる湯呑みに湯気あがる　肩なでおろしふたつため息」↑（狂歌千趣 №３１０）

おはようございますマンデーモーニング 年の瀬もテンカウントダウンにはいりましたね かといって頑張りすぎてラストの大晦日の日にノックアウトダウンにはなりませんように今日も一日ご安全に2014-12-22
※写真は京浜東北線の北赤羽付近の荒川河川敷あたり通過中、車窓から耀く朝陽を浴びて思わずスナップショットそして今朝の一首です
「強張った左の頬に神経の　戻る気配や微笑み返し」↑（狂歌千趣No.311）

漢字の意味を考えてみたシリーズで一首『熟成』とは
「鍋蓋に口も子供も丸く成り　ギュッと寄り添う家族の支え」↑（狂歌千趣No.312）

「草花も 山の獣も 声はせで ましてこの身の 喋るものかは」↑（No.313）

オヤジの気ままに短歌まとめて1000首「続・千趣宣誓」ただいま新書版でニュー完成しました2014-12-22 新年早々には Amazonなどのネット書店に並びますのでFB友の皆さまどうぞよろしくお願いしますぜひ検索下さいね

昼下がり築地ウォーターフロント なう ２０１４ - 12 - 22 @勝どき橋から港区高輪方面を望む そして一首です

「冬至りゆずのひとつもすみだ川 鴨もカモメも家族風呂かも」↑（No.３１４）

「冬至勝どき橋」ｉｎ ライトアップなう ２０１４ - 12 - 22 帰りぎわにもう一首です

「雪融けの便りもとどくハバナにも　仲を取り持つ法王サンタ」↑（No.３１５）

「君知るや身体のなかの小宇宙 光と闇の末梢神経」↑（No.３１６）

おはようございます＆メリークリスマス 今朝も京浜東北線の車窓眺めて一首です

「イブの夜は食卓囲み頬緩め　蝋燭の火にはいのち耀け」↑（No.３１７）

「食卓の妻のレシピに苦笑い　釣られてクスッと娘笑顔に」↑（No.３１８）

「ビニールの袋に護美をぎっしりと　背負いて吾もきよしこの夜」↑（No.３１９）

「煙突はサンタと繋ぐ臍の緒の　いのち繋がる清しこの道」↑（№３２０）

「クリスマス子らの寝顔を覗き見し　こぼれるサンタのうれし涙は」↑（№３２１）

「聖夜だけナイショに家族プレゼント　父親サンタひとりクロウ（苦労）す」↑（№３２２）

「サイバーのＳＮＳに潜むテロリスト　姿見せずにネット撹乱」↑（№３２３）

※写真はさいたま市南浦和駅前のクリスマスイブのモーニングクラウド２０１４-12-24

クリスマスイブサンセット２０１４-12-24＠東京港区 帰りぎわに一首です

「夕陽より朝陽が好きと君は言う　夕陽愛する俺を気にせず」↑（№３２４）

「強張った左の頬に君の指　かかりて今宵イブの約束」↑（№３２５）

「東方の博士導く蒼き星　月の砂漠にいのち預けり」↑（№３２６）

おはようございます＆ハッピーメリークリスマス 2014-12-25

「腹たてず心はまるく身はかるく　猫はこたつで丸くなり」↑（No.３２７）

「切れかけた家族の絆つなぎとめ　縦横高さ掛ける時間に」↑（No.３２８）

「今朝もまた欲のひとつも減らそうと　足掻いてみせよ歳の末尾に」↑（No.３２９）

「あとひとつジグソーパズルのパーツなら　ハートのかたちきっとどこかに」↑（No.３３０）

「先輩のバッグ三つ抱えて息弾み　さぞや鍛える萠色したユニフォーム」↑（No.３３１）

※写真は今朝のさいたま市南浦和駅前から見あげたクリスマスの東の空　Happy HollyDayそして一首です

「酒を断ち 今日で十日め クリスマス 肝・腎かなめ 清しこの夜」↑（No.３３２）

「しんしんと暖炉のそばでレコードの　針の先からシナトラを聴く」↑（No.３３３）

帰りぎわにもう一首です
「オペラ座の怪人ならばほらここに　君の素顔と仮面の下に」↑（No.３３４）
※写真はフェルメールの描いた絵『天秤を持つ女』私のお気に入り

オヤジの自費出版短歌集続編は本日、星雲社さんから発売になりましたAmazonなどのネット書店からぜひ検索下さい どうぞよろしくお願いします&メリークリスマス
「シャンパンの泡の向こうの君の瞳に　映る星屑冬天の川」↑（No.３３５）

おはようございますクリスマス明けの金曜日 今朝も京浜東北線の車中から一首です
「電飾の灯かりも消えて門松の　竹の碧さにこころ閑けき」↑（No.３３６）
「はじまりはおわりのはじめとこしえに　つづくものかはいのちとうとし」↑（No.３３７）

「風雪に文句ひとつも云いもせで　明けて素肌に宿る緑木」↑（No.338）

「夜が明けてがらりと変わる年の瀬の　日本の冬は除夜の鐘へと」↑（No.339）

※写真は隅田川勝どき橋の水辺「この木　なんの木　気になる木」2014-12-26

お昼休みに一首です

「屋形船音もたてずにすみだ川　水面に残すぼんぼり紅影」↑（No.340）

「独裁者チャップリンならいざ知らず　眉を曇らす北の銀幕」↑（No.341）

「来週はもう来年で未年なら　下馬したのちは歩速緩めむ」↑（No.342）

※写真はクリスマス明けていつもと変わらぬ築地市場隅田川 2014-12-26

私なりの退院祝いも兼ねて久しぶりのおひとりさまスイーツに舌鼓なう 白玉あんみつ抹茶クリームぜんざい＆サンマルクブレンド珈琲Sで今年のお仕事締めくくり @神田御徒町駅サンマルクカフェにて

隠れ家リラックスタイム２０１４‐12‐26そして一首です
「肩の荷を下ろす年の瀬あと五日　忘れ難きは友のスマイル」↑（No.３４３）

箱崎さん、伊藤さん、飯田さん、モーリーさん、池田さん、皆さん温かい励ましのコメントくださりありがとうございました 用心しますね
「それなりに生きてきたんだこの年も　友の助けに支えられては」↑（No.３４４）

おはようございます今朝はブルースカイサタディモーニン 図書館帰りにお気に入りのパン屋さんに立ち寄り
「正月に孫に聴かせる紙芝居　籠いっぱいにしてママチャリ漕ぐ午後」↑（No.３４５）

たぶん新年早々に映画館で見るに違いないであろう映画たち　先走りパンフでイメージを膨らます なかでも気になる映画は「エクソダス」。モーゼとラムセス王の旧約聖書の物語り　でもその前に今年の締めくくりに「ホビット決戦のゆくえ」をＩＭＡＸ３Ｄでいま見終わってその壮大なスケールのファンタジーワールドに感動の渦中に浮かんでいるようです ２０１４・12・29 @浦和ユナイテッドシネマ

草津温泉巡りで出会ったお地蔵さまたち 撮影日２０１５０１０４ 草津温泉湯畑脇より階段上がり 光泉寺にて
「笠地蔵笠の代わりに雪帽子　モノも云わずに薄目閉じけり」↑（千趣宣誓３№３４９）

南紀勝浦漁港なう南紀といえばマグロ マグロづくしのおもてなしに舌鼓 地酒のツマにはうつぼの小明石煮が絶品です @勝浦漁港 マグロ三昧料理店那智「Ｎａｃｈｉ」さんにて ２０１５０１１１
おはようございます　祝）成人の日に和歌山県那智勝浦港から穏やかな朝陽を浴びて一首です
「天照す海は心の鏡にて　浮き立つ波をしばし留めむ」↑（千趣宣誓３№３５４）

きのうの朝市のイカ一夜干しイカ四杯で千円でした @南紀勝浦漁港にて全国の受験生諸君たちにエールの思いを寄せつつ一首です
「一夜干し一夜漬けとは云う莫れ　旬の仕上げは君の一存」↑（千趣宣誓３№３５６）
「シンセイジン生まれはどこの星なのと　尋ねし吾こそ異星人かも」↑（千趣宣誓３№３５９）
※写真は和歌山県那智勝浦温泉「ホテル中の島」の夜明け前の露天風呂に入る ２０１５・01・12成人

の日に

夕暮れ時に一首です

「あれこれと思いあぐねてとまどうも　まず踏み出してみるさ最初の一歩」↑（千趣宣誓3№363）

「湯けむりに霞む盆地に冬景色　されど湯の花地下に根を張る」↑（千趣宣誓3№364）

※写真は自宅近くのさいたま辻公園の夕焼け空

おはようございますサーズデー　昔は本日1月15日が成人の日でしたねそこで一首です

「小正月 今朝も青い電車の箱の中　一首浮かべて有露の旅路へ」↑（千趣宣誓3№365）

「戦国の世なら15で元服の　世継ぎ家長の天晴れ姿に」↑（千趣宣誓3№366）

「束縛と自由の意味を考える　表と裏の手の平返しつ」↑（千趣宣誓3№367）

「いいねならいい根に伸びて土深く　栄養集め茎に花へと」↑（千趣宣誓3No.368）
※写真は群馬県は草津温泉の名所「湯畑」の全景 撮影日は2015・01・04

華の金曜日帰りぎわにマイ隠れ家的カフェで一服しつつ一首です
「離れ島もしこの一冊をポケットに　忍ばすほどに宝となるらむ」↑（千趣宣誓3No.372）

「我ながら　わたしはシャルリ　と言いがたく　融和を願う二律背反」↑（千趣宣誓3No.373）

※写真は上野御徒町駅前サンマルクカフェ御徒町南口店にてお気に入り「白玉あんみつクリーム抹茶ぜんざい」久しぶりにいただきます なんだかこの語感が（三色タンヤオピンフドラドラ万願）みたいで楽しい
おはようございますサニーサンデーモーニング 今日は五年ぶりの自動車運転免許証更新にいってきます
幸いかな連続してゴールドライセンス そして今朝も一首です
「この道はいつか来た道覚えてる　紆余曲折の迷い道だと」↑（千趣宣誓3No.375）

「関門を七つ通って順序よく　金に耀く免許更新」↑（千趣宣誓3№376）

「五年後のバースデーまでともかくも　安全運転人の道さえ」↑（千趣宣誓3№377）

「失敗は晴耕の元（せいこうのもと）天土の（あめつちの）吾が心根（こころね）を鍬で掘り下げ」↑（千趣宣誓3№378）

「深々と頭（こうべ）を垂れて足元を　見つめて次は心鏡眺めと」↑（千趣宣誓3№379）

おはようございます　さいたま市の上空は果てしなく広がるブルースカイマンデイ今朝も車中から一首
「マスクして曇る眼鏡の鼻先に　文字の欠片のコメント滲みをり」↑（千趣宣誓3№380）

「異物なら人そのものが異なものと　母なる地球苦笑いする」↑（千趣宣誓3№381）

「寒空に二の足踏んでミニスカの　膝上蒼く鳥肌の立つ」↑（千趣宣誓3№382）

そしてFB友の宇津野さんの今朝の短歌に触発され返歌にしつつもう一首です
「わびさびを話しのツマとちゃちゃ淹れて　井戸の周りで世話の焼き捨て」↑（千趣宣誓3№383）
「いつみても写真の顔は指名犯　免許更新ゴールドとても」↑（千趣宣誓3№384）
「妄想も言の葉さえも膨らませ　頭の上に浮かぶ風船」↑（千趣宣誓3№385）

（悟）の文字の意味を考えて短歌にしてみた
「こころへと五つのくちを通りても　悟りの道に遥か届かじ」↑（千趣宣誓3№386）
※写真は昨年初めて訪れた九州福岡太宰府天満宮 学問の神様に願かけて

今夜は58才最後の一日ひと夜の独りバースデー前夜祭なのだ 赤羽駅の駅ナカBar「東京バル」でひとり呑みまずは丸真正宗しぼりたて冷や酒で喉を浄めますちなみに珈琲豆はインドネシア産のマンダリン隣のお店「やなか珈琲店」で200gで豆のままで購入したのだマイバースデープレゼントに2015・01・19「まめのぉ〜ままでぇ〜美味い珈琲〜淹れるのよぉ」

おはようございます今日は大寒チューズデーそして59回目のマイバースデー
東京は中央区築地の上空はブルースカイブルー　今朝はFB友のみなさんからたくさんの温かいメッセージをいただきこころから感謝申し上げます　嬉しいです　お一人ひとりにきちんと感謝とご返事したいです

「またひとつ歳をかさねてありがたや　いのちそまつにつかうものかは」↑（千趣宣誓3 №387）

築地場外市場なう焼き牡蠣 一個300円なり味は新鮮絶品舌鼓 食べ歩き中 2015・01・20

「牡蠣喰えば鐘が鳴るなり築地本願寺　隣の客は青い目の女（ひと）」↑（千趣宣誓3 №390）

おはようございます　寒空のウェンズデー雪もちらつきそうな東京築地から今朝も一首です

「事件ならほらいま君の胸のなか　生まれてくるよ現場じゃなくて」↑（千趣宣誓3 №391）

「表現の自由とは何か命さえ　購うほどの人の愚かさ」↑（千趣宣誓3 №392）

「死の淵に身を投げてとて救わんと　人の命の時を限りに」↑（千趣宣誓3 №393）

「嘆けとてハムラビの地に日の本の　平和の祈りいかに届けむ」↑（千趣宣誓３No.３９４）
写真は本文とは関係ありませんが@東銀座 歌舞伎座の新春歌舞伎の演目掲示板でした ２０１５・01・21
おはようございます　まだまだ厳しい寒さつのりますサーズデーモーニン 今朝も京浜東北線の車中から一首
「柏戸のふところ深さ大鵬の　剛の強さに双璧の　平成白鵬綱の誉れに」↑（千趣宣誓３No.３９５）
「あと二日あと一日と命刻み　為す術なきかダークサイドに」↑（千趣宣誓３No.３９６）
「垂れ籠める憎悪の空に悪態の　ひとつやふたつ叫びたくなる」↑（千趣宣誓３No.３９７）
「地のはてに銃の音響く人の世に　闇夜の後にも朝明くるとは」↑（千趣宣誓３No.３９８）
「朝焼けの前にむく起き静寂の　ランプ頼りに独り本読む」↑（千趣宣誓３No.３９９）

「コンビニに鬼を退治す豆並ぶ　２月の愛のチョコっと後ろに」↑（千趣宣誓３№４００）

「ひたすらにただそのいのちごぶじのみ　いのるほかなしいかで哀しき」↑（千趣宣誓３№４０１）

※添付の写真は一昨日築地市場の露店には食通賑わう世界津々浦々からの観光客の優しい笑顔で溢れていた

「チクタクといのちの時限刻まれし　月の砂漠のいずこか探して」↑（千趣宣誓３№４０２）

「目には目を歯には歯をとはハムラビの　かつ消えかつ浮く人の過ち」↑（千趣宣誓３№４０３）

「牡丹雪眉を掠めて指先に　留まることも知らず花消ゆ」↑（千趣宣誓３№４０４）

「子育ては親の学びと心得て　鏡に映し共に育てよ」↑（千趣宣誓３№４０５）

「テヲアワセ　アタシハゴトウ　ユカワダト　イノルセカイノ　スミノスミマデ」

※写真は今週末から始まる新印象派の絵画展のお知らせポスター@上野御徒町駅 私のお気に入り

こんにちは　ふと気がつけば新年睦月もあと一週間を残すのみとなりましたね 華の金曜日の東京は昨夜の寒空とうって変わりすっきり青空です そこで一首です

「春はまだ今しばらくの辛抱と　梅の蕾も身を固くして」↑（千趣宣誓３№４０６）

「幾千の無垢の命を奪いしは　どこの国かと問うも虚しき」↑（千趣宣誓３№４０７）

※写真は勝どき橋と隅田川＆築地市場を見渡す昼下がりライン下りの景色 ２０１５・01・23

「空澄みて春待ち遠しくてすみだ川　上り下りの異邦旅人」↑（千趣宣誓３№４０８）

おはようございます曇り時々晴れ間のハッピーサタディ毎週土曜の生活習慣で今朝もママチャリに乗って 南浦和図書館にきています 縁あって今日偶然に本棚で私と出会ってくれた著者と本たちです　しばしお借りしていきます

「良寛（上）by 立松和平」「仕事で大事なことは坂の上の雲が教えてくれた by 古川裕倫」「吉行あぐり102歳のことば by 石寒太」「それからの海舟 by 半藤一利」「考えすぎ人間へ by 遠藤周作」「歩く旅シリーズ高杉晋作を歩く by 一坂太郎」返却期限は今日から2週間きっちり守りますそして今朝も一首です

「青い鳥回り道してウチの中　そこにいたのか頭の上に」↑（千趣宣誓3 №409）

「先人の知恵に触れつつライブラリー　吾が指先に本が導く」↑（千趣宣誓3 №410）

「幼な子の声もかそけく足早に　ウンチッチとは母を急かせる」↑（千趣宣誓3 №411）

新宿ハーフマラソンに娘が走るというので応援に明治神宮外苑前沿道にて 2015・01・25

「ランナーの熱気を頬に浴びせつつ　娘の雄姿探す寒空」↑（千趣宣誓3 №413）

「祈りさえ届かぬ悔し砂漠には　いのちひとつも救えぬものかは」↑（千趣宣誓3 №415）

「櫓を漕ぎし闇夜に淡き希望の灯　黒船はるか寅次郎の夢」↑（千趣宣誓３No.４１６）

おはようございます☆今日も京浜東北線の車中から一首です

「気のせいか車窓に霞むサクラにも　淡桃色の枝に萌えしも」↑（千趣宣誓３No.４１７）

「愛にして愛に応えるべき人の　世に蔓延る草の悪の憎しみ」↑（千趣宣誓３No.４１８）

※写真は昨日の日曜、久しぶりに入った神宮球場内スタンドにて　新宿ハーフマラソンのゴール地点に野球場も全解放昨日のサンデーアフタヌーン　２０１５・01・25

おはようございますどんよりと冷たい雨降るチューズデー

「梅ヶ枝の蕾も硬く雨宿り　鳥にはコート傘も無い冬」↑（千趣宣誓３No.４１９）

「雨音の電車の屋根に喧しく　穿つ音さえ銃声に聞こゆ」↑（千趣宣誓３No.４２０）

「ご無事にと両の手合わせひたすらに　祈るＫＥＮＪＩの帰り待たなむ」↑（千趣宣誓３No.４２１）

「雨上がる水嵩増して隅田川　水鳥騒ぐ築地波止場に」↑（千趣宣誓３№４２２）
※写真は鎌倉の禅寺で出会ったお地蔵さま

おはようございます　さいたまも粉雪の舞い散るフライデー 花の金曜日 我が家のベランダの花も二つ並んで福寿草 今日も一日元気で過ごしましょう
「約束も　行方もしらず　夜の雪　別れ惜しみつ　次の出会いに」↑（千趣宣誓３№４４３）
以上（やゆよわをん）を頭に歌留多歌でした

1月30日 雪からミゾレそして今は冷たい雨模様の東京中央区勝どき橋の河畔にて ２０１５・01・30
「天照す砂漠に氷雨ふるぞかし　涙の雨も喜びに替え」↑（千趣宣誓３№４４４）
「仮の宿仮のいのちを永らえば　返すがえすも今日の一日」↑（千趣宣誓３№４４５）
「オリオンの星に願いも澄みわたれ　冬の三角蒼くきらめく」↑（千趣宣誓３№４４６）

「しんしんと積もる君との思い出を　畳んでしまえ白のベールに」↑（千趣宣誓３№４４７）

「コンビニのレジで慌てて財布から　コイン落としてポイントチャラに」↑（千趣宣誓３№４４８）

「事件なら起きているんだ今君の　心の奥のそのまた襞に」↑（千趣宣誓３№４４９）

「赤鬼を福の豆投げ追い払い　春よ恋来い冬にさよなら」↑（千趣宣誓３№４５０）

「雪融けの水に流せば言の葉の　浮いては沈む川の底にも」↑（千趣宣誓３№４５１）

「傍に居て届かぬ想い歯痒くて　君には伝へテレパシーにして」↑（千趣宣誓３№４５２）

おはようございますハッピーサタディモーニング 東京駅なう今日はこれから名古屋へ 親戚の法事に行ってきます 叔父さんの三回忌に ２０１５０１３１ 今朝は東京駅から新幹線ひかり号に乗って一首です

「雪明かり睦月も晦日春風に　吹かれる日々を指折り数え」↑（千趣宣誓３№４５３）

「青空に聳える富士に白無垢の　花嫁はんの角隠しかな」↑（千趣宣誓３№４５４）

ＦＢ親友の畑中敏明さんのコメントに返歌してもうひとつです
「今はただ偲ぶにあまり吾が叔父の　恩に報いる時は還らじ」↑（千趣宣誓３№４５５）

「旅行けば富士の高嶺に白雲の　膝折りなびく風の気ままに」↑（千趣宣誓３№４５６）

「百分で東京名古屋繋がれて読書居眠りするも暇なき ひかりの速さ音に聞くらむ」↑（千趣宣誓３№４５７）

「境界線越える勇気に躊躇せず　命ひとつも救わむものを」↑（千趣宣誓３№４５８）

「名古屋駅年忌帰りに赤福　をひとつ土産に買ってのぞみへ」↑（千趣宣誓３№４５９）

※写真は 新幹線ひかり号で三島付近を西へ通過中に見えた世界遺産の霊峰富士の雄姿
いま夕暮の富士 新幹線のぞみの車窓から２０１５・01・31
「先逝きし夫の札を懐に　叔母の旅路は四国巡りに」↑（千趣宣誓３№４６０）
「幼な子の目を閉じ唱う正信掲　もみじの手にはお数珠光れり」↑（千趣宣誓３№４６１）
「花は咲き花ちりぬれど根を伸ばし　育くみ繋げ次の花まで」↑（千趣宣誓３№４６２）
2月最初の月曜日　空しさ虚脱感激しく重い足どりで一首です２０１５・02・01
「哀しさに言葉失い青空は　見上げて曇る悔し涙に」
テロリストに惨殺された日本人の二人にささぐ
「いまはただ彼の笑顔の面影を　こころに灯し祈る平和を」

「今もなお膨張中と教わりし　宇宙の神秘実は眉唾」↑（千趣宣誓3№463）

「福は内鬼も内なり同居する　春立つまでは人のこころに」↑（千趣宣誓3№464）

「人の世のニュースも知らず隅田川　流れる水に空の青さも」↑（千趣宣誓3№465）

「赤帯も黄色青色目移りす　棚に居並ぶ岩波文庫」↑（千趣宣誓3№466）

おはようございます今日は節分チューズデー暦の上ではあすから春が立つらしい 今朝の東京の空は真っ青です そして一首です

「鬼も内 福も内なる 人こころ 神も仏も 悪も棲みつく」↑（千趣宣誓3№467）

「気掛かりを溜めてストレス膨らませ　先に伸ばして壁の高さに」↑（千趣宣誓3№468）

「冬と春節目に祓う塩に替え　豆に託して悪鬼退治に」↑（千趣宣誓3№469）

「目には笑み愛には愛でこたえよと　声なき声のいのち受け継ぐ」↑（千趣宣誓３No.４７０）

「エクソダスベイマックスにアニーなら　どれから観ても夢を見られる」↑（千趣宣誓３No.４７１）

「問題を先送りして自分から　逃げることならみんな得意さ」↑（千趣宣誓３No.４７２）

「弁解は誰でもできる信の無き　心に巣食うウソの上塗り」↑（千趣宣誓３No.４７３）

「明日からは春の立つのも人知れず　国境際に人の犇めく」↑（千趣宣誓３No.４７４）

「今日だけは鬼の居ぬまに鬼子母神　おかめとつるみママメを炒るやも」↑（千趣宣誓３No.４７５）

「点々を丸に変えればせつぷんに　なるとしりつつ豆を撒く夜」↑（千趣宣誓３No.４７６）

勝どき橋から節分の夕べ 帰りぎわにもう一首です

「目と鼻の先の家族に口聞かず　ネットで人と語るものかは」↑（千趣宣誓3No.477）

「あくせくと汗もかかずにアクセスし　ネットが世界狭くせしとは」↑（千趣宣誓3No.478）

おはようございます　節分明けて立春のウェンズデー 今朝の東京の空はブルースカイです 今日も一日元気で過ごしましょう ※写真はJR御徒町駅の階段に掲示ポスターで今週末から始まる絵画展の案内です

私もお気に入り 20150204

「絵心も伝える思い溢れきて　輪郭淡き人の面影」↑（千趣宣誓3No.479）

「鬼はまだ近くにいるぞ春まだ来　喉元過ぎて影そ忘れな」↑（千趣宣誓3No.480）

「目には目を歯には歯とは負のスパイラル　断ち切る術のいづこやあらむ」↑（千趣宣誓3No.481）

「カルテット弦の響きに軽やかに　いざ春たちぬ瞳の奥にひとみの歌にも」↑（千趣宣誓3No.482）

おはようございます関東も雪のふりそな冷たい雨のサーズデー〜今朝も京浜東北線の車中から一首です

「早咲きの春まだ浅き白梅の　にほひ起こせよ君に届けと」↑（千趣宣誓３№４８３）

「梅前線北へ北へとママチャリの　ペダルに乗せてゆくり旅する」↑（千趣宣誓３№４８４）

「千年の孤独に耐えて白梅の　今年もその実 土に返すか」↑（千趣宣誓３№４８５）

「あれもこれ　なんとでもいえごじつだん　いのちあってのひとのいいぐさ」↑（千趣宣誓３№４８６）

「閉じ際にワンクッションの両扉 ためらいがちに和のおもてなし」↑（千趣宣誓３№４８７）

「立春の雲間隠るる満月を　こころに浮かべさて雪見酒」↑（千趣宣誓３№４８８）

「雨よりも始末の悪い白雪に　こころならずも窓に舌打ち」↑（千趣宣誓３№４８９）

「国境は人の線引き宇宙から　見えやしないさ　まん丸地球」↑（千趣宣誓3№490）

おはようございます　関東平野部積雪予報からみごとに肩透かしをくらってちょっとうれしいけれど
路面凍結の今朝は華のフライデー今日も一日自分の足下も気にしつつ元気で過ごしましょう
「分離して置く楽しさや収集日　月月火水木金金」↑（千趣宣誓3№491）

「伝道の　道も半ばに天に召され　KENJIの涙　砂に染み込む」↑（千趣宣誓3№492）

「雪が融け川になっては流れてく　もうすぐ春と歌が聞こえる」↑（千趣宣誓3№493）

「目の上のたん瘤でなく上司とは　己れを映す鏡なりせば配偶者とていかで問やせむ」↑（千趣宣誓3№494）

「空からは雪の替わりに空爆の　雨や霰に人逃げまどう
いったい誰のせいというのか地獄には閻魔さまでもしかめ面とは」↑（千趣宣誓3

No.４９５）

「紅梅も咲き始めるか白梅も　競う湯島の天神さまに」↑（千趣宣誓３No.４９６）

「外見で不審者とみゆ危うさは　疑心暗鬼の人の危うさ」↑（千趣宣誓３No.４９７）

「晴れ渡る築地市場の青空に　二羽のカモメの円のシュプール」↑（千趣宣誓３No.４９８）

「戦場の遺品ひとつも拾えずに声高らかに進軍ラッパ吹くとは　いづれの国の首領にあるらむ」↑（３
No.４９９）

「口先で云うは簡単その実は　行い難しとはツレの言い種」↑（千趣宣誓３No.５００）

「医療費の税額控除口上に　セピア色レシート集めせっせと皺伸ばしつつ」↑（千趣宣誓３No.５０１）

「人の目を気にせず過ごす泡沫の　夢まぼろしの仮想現実」↑（千趣宣誓３No.５０２）

「遠慮して本音も云わず胸深く　留めていては澄むはずもなき」↑（千趣宣誓３№５０３）

「右左前後上下もなきものを　宇宙に地球ひとり佇む」↑（千趣宣誓３№５０４）

おはようございます青空に恵まれたサタディモーニン 今日も一日アゴを上にあげて明るく元気で過ごしましょう　キープオンスマイリングそして今朝も一首です

「一冊の本の出会いに時空越え　作者と共に過ごす旅人」↑（千趣宣誓３№５０５）

「リクエスト曲がラヂオに流れてる　電波に乗せて胸にたゆたう」↑（千趣宣誓３№５０６）

「君の名を口ずさんでみる木洩れ日の　バレンタインの白のベンチで」↑（千趣宣誓３№５０７）

「万人で溢れるライブアリーナに勝る劣らず十有余席ファンと契りて過ごす一夜に」↑（千趣宣誓３№５０８）

紅梅咲き始めました ※写真はさいたま市南浦和駅前 2015・02・07撮影 さて翌日の日曜日、前から楽しみにしていた映画「エクソダス」鑑賞してきました　そこで一首です

「豊穣の蜜の溢れるカナンの地　民を導く人の苦しみ」↑（千趣宣誓3№509）

おはようございます20150209　まだまだ厳寒マンデイモーニング今日もキープオンスマイル

「せわしなく駅のホームのベル響き　纏わりつくは黒のコートに」↑（千趣宣誓3№510）

「朝目覚め生きてるだけで幸せと　素直に感じ笑顔こぼれり」↑（千趣宣誓3№511）

「手のひらに銀のスマホの繋がりを　文字の羅列で追うや危うき」↑（千趣宣誓3№512）

「冬将軍寒波に紛れ日本海　ミサイル飛ばし荒れる白浪」↑（千趣宣誓3№513）

「初七日の野辺を見送る人文字に　私もKENJIと無言の祈り」↑（千趣宣誓3№514）

「知りたくはなかったはずも見たくなり　月の裏側人の裏側」↑（千趣宣誓3№515）

「春よ来いはあやく来いとみいちゃんの　唱う歌にもなおもどかしき」↑（千趣宣誓3№516）

第三章　立春

「梅祭り湯島天満の裏庭に　寒波に耐ゆるか細き枝にも」↑（千趣宣誓３No.５１７）

２０１５・02・09 @上野湯島天満宮にて 湯島天神はＪＲ山手線 御徒町駅から徒歩7分です途中坂道ありますが駅から真っ直ぐにたどり着けます白梅紅梅の見頃は今月下旬でしょうおはようございます寒さもとうとうピークでもあとは春を待つだけチューズデー今朝も京浜東北線の車中から一首

「娘から一人暮らしの宣言に　ピエロ微笑で応ふ父親」↑（千趣宣誓３No.５１８）

「言の葉をみそひともじに折り畳む　なぞもとはといえば無理な相談」↑（千趣宣誓３No.５１９）

「雛鳥の巣立ちの春に風立ちぬ　背中見つめて親の子離れ」↑（千趣宣誓３No.５２０）

「宵闇に妖しく光る夜の梅　朝が来るのを待てないものか」↑（千趣宣誓３No.５２１）

「明日なら祝日なのかと尋ねられ　祝・祭日だと云い苦笑いする」↑（千趣宣誓3№522）

「自己都合自己責任だと突き放し　いのちふたつも守れぬ国は」↑（千趣宣誓№523）

「寒ければ盛夏を希み暑ければ　冬恋しがる鳥も笑ふわ人の我が儘」↑（千趣宣誓3№524）

「ありのまま思いを口にだすことの　困難たるや氷山一角」↑（千趣宣誓3№525）

※写真は昨夜の湯島神社天満宮に妖しく光る夜の紅梅

帰りぎわの勝どき橋&築地市場なう2015・02・10 明日は建国記念日

「願いならきっと叶うし懸念なら　叶わぬようただ希むだけ」↑（千趣宣誓3№526）

おはようございます春もまじかのサーズデー

「みのむしの首まで掛ける蒲団剥ぐ　春は肩までやって来たかも」↑（千趣宣誓3№527）

「春霞善の記憶の薄れては　海馬に消えぬ悪のニュースは」↑（千趣宣誓３№５２８）

「みちのくを一人旅する正夢を　夢に留めるさても寂しき」↑（千趣宣誓３№５２９）

※写真は夜の湯島天神の社殿 @上野御徒町

「七色の虹の架け橋渡ろうよ　空に限らずまず足の下」↑（千趣宣誓３№５３０）

「水ぬるむ春は間近に隅田川　あのはやぶさは宙の旅人」↑（千趣宣誓№５３１）

「ぎこちなく別れの握手指先に　冷たく絡みつ夜会の後に」↑（千趣宣誓３№５３２）

「オリオンの右肩先に梅の花　億光年の宙の庭にも」↑（千趣宣誓３№５３３）

※写真は地下鉄都営大江戸線、勝どき駅前コンビニ前で偶然見つけた光のいたずら

おはようございます　どことなく春めいてきてフライデー 今日もキープオンスマイリング

「梅の香の鼻腔くすぐる風起きて　ゆっくり外す黒の手袋」↑（千趣宣誓3№534）

「答えなら風にたずねてみるがいい　耳を清ませてそっと目を閉じ」↑（千趣宣誓3№535）

「めざめては生かされているけさもまた　いとおしきかなきょうのいちにち」↑（千趣宣誓3№536）

「壁に耳トイレの中は隙だらけ　出来る限りの寡黙がよろし」↑（千趣宣誓3№537）

「ひとりではほとんどひとつできぬこと　知って人にも頼るものがな」↑（千趣宣誓3№538）

「ゴルゴダの丘で磔散華した　人に健二を重ねて悼む」↑（千趣宣誓3№539）

「良き友の春風薫る七海より　小舟に揺られ還る波止場に」↑（千趣宣誓3№540）

これはＦＢ友の横田さんに贈る歌 お昼休みに一首です

「雲のゆく流れに合わせ隅田川　集めて澱む梅の花びら」↑（千趣宣誓3No.541）

「煩悩の百八つもの欲を消す　除夜の鐘さえ夢のまた夢」↑（千趣宣誓3No.542）

「好きだよと勇気を絞り言えばいい　バレンタインにチョコは要らない」↑（千趣宣誓3No.543）

伊豆スカイライン 十国峠なう 富士山の眺望 20150215 これから修善寺温泉へ向かいます

「久方の光のどけき春の日に　梅の香匂う天城峠に」↑（千趣宣誓3No.544）

※静岡県東伊豆冷川温泉なう 20150215

おはようございます気がつけば2月も後半マンデイモーニング今日も一日元気で キープオンスマイリン

「ゆく河の流れて先に桂川　春よ君に届けと水飛沫みゆ」↑（千趣宣誓3No.545）

※写真は静岡県伊豆は修善寺温泉にて 桂川より @2015・02・15

「苺狩る君は無口にひたすらに　忘れているよ僕のことさえ」↑（千趣宣誓3№546）
※写真は静岡県伊豆の国市内の江間にあるいちご狩りセンターにて２０１５・02・15快晴 30分いちご狩り&温かいビニールハウス内でいちご食べ放題 30分短いようですが夢中にいちごをもいで次々に口にほうばっていくとすぐにお腹いっぱいになります 一人１６００円でした 高いか安いかよりも春を体感できた満足感でこころも胃袋も満ち足ります
「見上げては難を天まで預けよと　囁く声は河のせせらぎ」↑（千趣宣誓３№５４７）
※写真は静岡県伊豆 冷川温泉ごぜんの湯 露天風呂にて撮影 露天風呂の脇には真紅の南天の実 @２０１５・02・15日曜
「白壁に青空映えて五分咲きの　梅の香淡く修善寺前にも」↑（千趣宣誓３№５４８）
おはようございます三寒四温で春も間近のチューズデー 今朝も京浜東北線の車中から一首です
「すじ雲の秋と見まごう隅田川　園児の笑う声すみれ色」↑（千趣宣誓３№５４９）
小田原Ｐから世界遺産の富士山を眺めて一首です ２０１５・02・15

「遥か富士霞むベールのシンメトリー　凛とたたずむ雪の女王」↑（千趣宣誓3№550）

「オフィスに静寂破るクシャミ響き　瞬時に凍るカーソルの指先」↑（千趣宣誓3№551）

「帰りぎわ満員電車の窓際に　揺れた拍子に壁ドンの真似」↑（千趣宣誓3№552）

2015・02・16 東京中央区勝どき橋河岸なう
「やまぎわに湯けむりたちて春霞　立ち眩みして光あれ」↑（千趣宣誓3№553）

「イヤホンの前後左右に広がるコンサートホールに響くショパンの調べ」↑（千趣宣誓3№554）

※写真は日曜日にドライブ静岡県中伊豆の冷川温泉の御前の湯で露天風呂の湯けむり&光のシャワー

Strawberry Fields Forever　曇りガラスの電車で一首です
「笑い皺減っていないか二つみつ　車窓に映る自分の顔に」↑（千趣宣誓3№555）

「乗り過ごしいっそこのまま東北の　先までひとり旅もまた佳し」↑（千趣宣誓３No.５５６）

「本日の心の天気予報なら　小雨のち晴れさと勝手に決めた」↑（千趣宣誓３No.５５７）

「手の平に乗せたスマホのその先の　世界は広いか狭いのか」↑（千趣宣誓３No.５５８）

「気のせいか川面も上がる隅田川　東の海の地震の余波に」↑（千趣宣誓３No.５５９）

おはようございます　今日は関東一面雪かもしれないウェンズデー　はずれても文句はいいませんから　はずれてほしい積雪予報

「せめぎあう梅の香薫る湯船から　湯気たちのぼる白き龍ごと」↑（千趣宣誓３No.５６０）

「一歩前踏み出てさらに迷い道　背中から曳く別の我が影」↑（千趣宣誓３No.５６１）

※写真は静岡県中伊豆は冷川という山村に見つけた民家の中にある自家温泉「御前（ごぜん）の湯」

もちろん源泉掛け流し見上げれば八分咲きの可憐な紅梅を鑑賞しながら川に面した露天風呂にゆっく

りつかりましたでも混浴はありませんでした。撮影日２０１５０２１５日曜

帰りぎわに京浜東北線の電車の中からもう一首です
「誰彼と達磨落としに興ずるも　歌一つも詠むも呉越同舟」↑（千趣宣誓３№５６２）

おはようございます天気予報もはずれ春の足音聞こえてくるよサーズデー今朝も京浜東北線の車中から一首
「春先の天気気まぐれ人泣かせ　予報はずさせ天空の人嘲笑ふ」↑（千趣宣誓３№５６３）
「降るはずの雪から霙やがて雨　舗道を濡らす冬と春の隙間に」↑（千趣宣誓３№５６４）
「両脇を締めて前向きケツのあな　内股下肢に気合い届けよ」↑（千趣宣誓３№５６５）

※写真は静岡県中伊豆は伊豆の国市にある江間いちごセンターのいちご畑でいちご狩り２０１５０２１５

おはようございます　抜けるような青空を見上げて木々の緑に深呼吸 酸素を胸いっぱいに吸い込んで勝どき橋なう

「雪融けの水かさ増して隅田川　混じって流れてバッドニュースも」↑（千趣宣誓3 №566）

「出し惜しみしてもせずとも魂は　人には見えねこころならずも」↑（千趣宣誓3 №567）

「批評する矛先人に向けないで　まずは己れを批判してみる」↑（千趣宣誓3 №568）

「オッサンの歌える歌は歳につれ　漸次少なくなりにけるかも」↑（千趣宣誓3 №569）

「ワンクリックで縁も出会いも削除する　そんな時代に誰がしたのか」↑（千趣宣誓3 №570）

「目の前で閉まるドアに舌打ちし　顔をしかめる人の寂しき」↑（千趣宣誓3 №571）

「爆竹で祝う春節花火あがり　膨らむばかりの大気汚染」↑（千趣宣誓3 №572）

「きさらぎに天に召されしＫＥＮＪＩの志　名こそ流れてなおいのち耀け」↑（千趣宣誓３№５７３）

「朝イチに珈琲ミルを回しては　無心無想のプチ禅境地に」↑（千趣宣誓３№５７４）

まだまだ在庫ありそうです オヤジの短歌集第一集「新・千趣宣誓」（２０１４年９月発刊）ぜひお手にとってお楽しみください　短歌全部で千首詠んで集めました どうぞよろしくお願いします 千首にちなんで値段も千円

もうすぐ春の来るのを待ちきれずに表紙をサクラ色に染め上げました オヤジの短歌集第二集「千趣宣誓・続」つれづれに短歌を千首詠んで集めました ぜひお手にとってお楽しみください Amazonなどのネット書店からご指名頂きお求めください 千首にちなんでお値段も千円です

「カタカナのトの字に棒を横に引き上になったり下になったり」古典落語の「目黒のさんま」のまくらから（笑）

「つれづれに歌のひとつも詠み散らし　枯れ木も千首花の賑わい」↑（千趣宣誓３№５７５）

おはようございます　いつのまにもう金曜日今朝も京浜東北線の車中から車内吊り洋酒の素敵な宣伝
ポスターを見て清少納言の気分になりつつ枕草子風に
「春はあげもの　やうやう鍋ぎわに黄金色　艶づく春の野菜など天婦羅に　日本酒は冷やにして一献　つまみほうばる　いと美味し　夏は夜　デパ地下に葡萄酒なぞ試し飲み　結局薬局決められずしまいに酔い加減に頬染める　いとうれし　秋は原　美少女アイドル眺めては　壁ぎわに　レモン浮かべてジントニック　ちびりちびりと舌に載せては一人飲み　いと寂し　冬は雪　ゲレンデに　ユーミンの歌など聴きつつ　親しき友と夢一夜　すごす暖炉にボトル傾けやがてがやがや雑魚寝する　いと楽し」
※写真は明日からはじまる美術展ポスター@上野御徒町駅にて　2015・02・20
「君はいざこの家出るや背を向けて　父の笑顔見ることもなく」↑（千趣宣誓3№576）
「春節に川は流れて屋形船　異国情緒の提灯映し」↑（千趣宣誓3№577）
ナイアガラの滝　今回も異常寒波で凍結してるようですね　※しかし添付の写真は6年前の2009年1月末に撮影このときもナイアガラほぼ氷結していました

「凍りつく総理みずから野次飛ばし　馬耳東風の四面楚歌とは」↑（千趣宣誓３No.５７８）

「オリオンの劔掠めて点々と　夜間飛行の紅い航跡」↑（千趣宣誓３No.５７９）

群馬県四万温泉にきています さいたまからクルマで二時間半 源泉掛けながし なう ２０１５・02・22

「雪解けの水と交わる四万の湯に　春待ちかねた虫と戯る」↑（千趣宣誓３No.５８０）

四万温泉（しまおんせん）旅館たむらさんの露天風呂「森のこだま」弱食塩泉源泉１００％～雪解けの小川の流れる水音しか聞こえません

「せせらぎに耳をそばだて鳥たちの　さえずる歌を捜す四万の湯」↑（千趣宣誓３No.５８１）

「御夢想の檜造りのいにしえの　四万の病を治す名湯」↑（千趣宣誓３No.５８２）

おはようございます如月ラストの１週間のはじまりですね来週からは春の弥生だマンデイ桃ーニング
今日も一日元気で過ごしましょう

「雨上がりたなびく雲の隙間から　春の花粉の季節はじまる」↑（千趣宣誓3№583）

「晒けだす勇気もなくば成長も　変化も人に望むものかは」↑（千趣宣誓3№584）

「言霊の人を生かすもころすのも　楯や銃器と違いないかも」↑（千趣宣誓3№585）

※写真は昨日の日曜日群馬県の山あい四万温泉の露天風呂にて湯ったり2015・02・23
群馬県　四万温泉は標高650ｍの山あいにあります　伝説によりますと昔この地に人の持つ四万ある
病を治せる泉がみつかるはずと童子が名のある武士の夢枕に現れたそうな　写真は私のお気に入りの湯
宿で由緒歴史ある「たむら旅館」の露天風呂「森のこだま」から眺める滝の風情です　いい湯だな　そ
して一首です

「四万の病に比べ煩悩の　数百余りありといふもて余しては身をもこころも」↑（千趣宣誓3№58
6）

「ケータイもテレビラジオもスマホさえ　なき世に夢でタイムスリップ」↑（千趣宣誓3№587）

次は　昨夜の大河ドラマ「花燃ゆ」を見て松下村塾誕生秘話に一首です

「君と僕　横一線にコーチング　教える師こそ生徒なりけれ」↑（千趣宣誓３№５８８）

「またひとり歌舞く女形（おやま）の逝く先は　還暦前の坂東花道」↑（千趣宣誓３№５８９）

「春雨じゃ濡れて帰ろかビニールの　傘に尋ねる駅のキオスク」↑（千趣宣誓３№５９０）

※写真は群馬県は四万温泉 たむら旅館の屋敷内に飾ってあった江戸時代の古雛人形おはようございます☆いまいち天気空模様のすっきりしない朝を迎えてチューズデー　今朝も京浜東北線の車中から一首です

「人質も大尽さえもくりかえし　金の切れ目が縁の切れ目と」↑（千趣宣誓３№５９１）

「あれやこれ　おもいめぐらせからまわり　だるまのやうに　あたまでっかち」↑（千趣宣誓３№５９２）

ＦＢ親友の伊藤睦みさんのリコメからありがたくヒントを頂いて一首

「ひな祭り古式ゆかしきお大尽（おだいじん）　首軽軽とすげ替わりたり」↑（千趣宣誓3№593）

「生温い春の気配に蠢いて　こころの窓を少し開けては」↑（千趣宣誓3№594）

「頼りなき父の威厳の消え細り　大黒柱の傷も消えにし」↑（千趣宣誓3№595）

「三本の矢もままならず野次飛ばし　やたら野党の矢面にたつ」↑（千趣宣誓3№596）

「君はなぜ旅に出るとや尋ねけむ　吾こころの中の旅人なりと」↑（千趣宣誓3№597）

「クリックで簡単削除できるなら　消してほしいの苦い記憶も」↑（千趣宣誓3№598）

「見解の相違があって当たり前　君と僕なら二律背反」↑（千趣宣誓3№599）

「大海に浮かぶ木切れの一片の　本を見つけて拾う悦び」↑（千趣宣誓3№600）

「たえまなく流れて消ゆるコメントの　ふたたびリコメできず寂しき」↑（No.６０１）

「まくらもとランプ灯して三分で　本開いたままでそっと夢路に」↑（千趣宣誓３No.６０２）

「シリウスと仔犬座結び紅ペテルギウス 冬に別れの大三角」↑（千趣宣誓３No.６０３）

「御徒町両手トランクぶらさげて　爆買い客の春節終わりぬ」↑（千趣宣誓３No.６０４）

「パヒュームの微香残して足早に　立ち去る君に軽くウインク」↑（千趣宣誓３No.６０５）

「山の端にかかる三日月影青く　冷え冷えと梅冴えわたり」↑（千趣宣誓３No.６０６）

「赤羽で冷酒アカバネちょいと呑み　豆腐つまんでさてお愛想」↑（千趣宣誓３No.６０７）

ＦＢ友の小林真理さんに贈る歌一首

「こばまりに届けとばかりかかりちょう～　やけ酒煽る仲間に入れて」↑（千趣宣誓3№608）

「早ければ梅雨入り前に歌詠みの　続きの本は千趣宣誓3」↑（千趣宣誓3№609）

※写真は月島駅前バス停にて（夜の蝶々たち）2015・02・24

おはようございます暑さ寒さも彼岸まで 今日も一日元気でウェンズデー 今朝も京浜東北線の車中から一首

「肩の荷を卸してすぐに次の荷を　抱えて今朝も漱ぐ鼻水」↑（千趣宣誓3№610）

「スイッチを切れば世間は見えもせず　悪い事件も哀しきニュースも」↑（千趣宣誓3№611）

「よく見れば瞳の奥に向日葵の　花咲く女子は夏の申し子」↑（千趣宣誓3№612）

※写真は今朝の南浦和駅前の神社の崖に紅梅白梅の競う風景 №612の歌の「女子」というのは実はタレントの歌手に司会業に楽しくこなすベッキーさんです知る人の知る彼女の瞳の輝きにご注目

「モノカネに囚われ人の哀しきに　身は慎ましく棺桶までは」↑（千趣宣誓３No.６１３）

「鍋奉行英語に訳して和の文化　世界にいかに伝う楽しさ」↑（千趣宣誓３No.６１４）

「物言えばくちびる寒し力士さえ　綱もほころぶ心技体にも」↑（千趣宣誓３No.６１５）

「じゃじゃ漏れの雨水原水汚染水　ほっとく人の信も流しつ」↑（千趣宣誓No.６１６）

おはようございます　気がつけば来週はもう3月サーズデイ　今朝も京浜東北線の車中から一首です

「おはようと語りかけるか梅の花　枝はりめぐらしてお社の淵」↑（千趣宣誓３No.６１７）

「路地裏の白壁抜けて青空と　海の境に浮かぶ白船」↑（千趣宣誓３No.６１８）

「赤茶けたアルバム手にし夕暮れに　日陰尾を曳く父母の形見に」↑（千趣宣誓３No.６１９）

「しゃるりーも　けんじはるなも　まららさえ　なこそながれて
　ななじゅうごにち ひとのきおくも　うくらいなをも」↑（千趣宣誓３№６２０）
「ミニカップ鼻持ちならぬ華もちの　胡桃黒蜜アイス売り切れ」↑（千趣宣誓３№６２１）
「地下鉄のレールの継ぎ目の音聞こゆ　なんまんだぶなんまんだぶつと」↑（千趣宣誓３№６２２）
「アメ横に群がる人に客引きの　爆買い誘う春の節かも」↑（千趣宣誓３№６２３）
おはようございます2月如月最後の金曜日
「ろくすっぽ水やりもせず花二つ　朝露浴びて庭華まぶしき」↑（千趣宣誓３№６２４）
「受け付けの番号札を握りしめ　ソファにうたた寝月の晦日に」↑（千趣宣誓３№６２５）
「旅立ちの朝を迎えてはなむけに　湯呑みにひとつ茶柱たつ見ゆ」↑（千趣宣誓３№６２６）

おはようございます2月ラストのハッピーサタディモーニング土曜の朝のお楽しみ～南浦和図書館で今日228一期一会出逢えた本たち「無知との遭遇　by　落合信彦」「捨てる生き方　by　佐藤康行」「日本全国万葉の旅（大和編集by牧野貞之（写真集）今日一日よい出会いに触れられますように」
「損得も手間も惜しまずこころから　人に尽くすはいつのことやら」↑（千趣宣誓3№628）

ようやく花燃ゆる弥生三月最初の月曜日おはようございますブルースカイブルー今朝も性懲りもなく一首です　昨夜の大河ドラマから感化されて　いよいよ松下村塾に暴れ牛、高杉晋作参上に想いを馳せながら
「裏庭の月の明かりの松蔭に　根を張り育つ萩の若竹」↑（千趣宣誓3№629）
「瀬戸際に寄せては返すシナリオの　引くも満ちるもツキに任せて」↑（千趣宣誓3№630）
「桜咲く祝電握り宙に舞う　君の未来に花咲き誇れ」↑（千趣宣誓3№631）
オヤヂのつれづれ短歌集「続・千趣宣誓」は「新・千趣宣誓」につづく第二歌集。楽天やアマゾンな

どネット書店から是非お求めくださいどうぞよろしくお願いしますす千首に因みお値段も千円也　帰りぎわにもう一首
「悲しみの連鎖断ち切るすべもなく　いかでいのちの重さ数えむ」↑（千趣宣誓3№632）

「引越しは弥生朔鬼娘　吾れ泣き濡れしうれし涙の花粉症」↑（千趣宣誓3№633）

おはようございます花曇りの今朝はひな祭りチューズデー祝）今朝も京浜東北線の車中から一首
「この文じゃ点でダメよと師匠から　面で書けよときついお仕置き」↑（千趣宣誓3№634）

「イヤホンに漏れる音楽気になって　しばし忘るる花粉症状」↑（千趣宣誓3№635）

「母鳥に背中押されて雛鳥の　震える羽根の巣立ちひな祭り」↑（千趣宣誓3№636）

「初対面　互いの顔も見合わさず　スマホに言葉並べては
スタンプ押してサイレンス　さても興醒めいとも哀しき」↑（千趣宣誓3№637）

帰りぎわにもう一首です　地下鉄都営大江戸線のつり革広告を見て
「凹んだらきっと誰かが新鮮な　空気を入れてバグしてくれる」↑（千趣宣誓３№６３８）
スタートレックの人気俳優、レナードニモイさん逝去の報に接し追悼ｄｅ一首です
「スポックの左眉毛の上がるとき　船のクルーにどっと笑みのこぼれり」↑（千趣宣誓３№６３９）
「足早に家路を急ぐひな祭り　姫も官女も居ないというに」↑（千趣宣誓３№６４０）
おはようございます東京は雨上がりひな祭りの後のウェンズデー今日も元気ですごせますように今朝の一首
「こだわりをもてば束縛もたなけりゃ　自由になれる空をみあげつ」↑（千趣宣誓３№６４１）
「雨上がる塵も記憶も押し流し　光あふれる春こそ来たれ」↑（千趣宣誓３№６４２）
「モノカネにまみれて憐れ欲まみれ　因果めぐりて果てることなき」↑（千趣宣誓３№６４３）

「アンテナも錆びて使えぬ大人には　子らの叫びに気づかぬものか」↑（千趣宣誓３No.６４４）
※写真は和歌山県那智勝浦港で遭遇した朝陽です今年1月中旬撮影

こんばんは　ついにお約束の花粉症が炸裂して頭も身体もぼぅーとしてサーズデー
「目に沁みる花粉ごときに責められて　弱りもぞする千々に乱れて」↑（千趣宣誓３No.６４５）

「のど元の熱さ過ぎれば忘却の　青紫の春のかすみに」↑（千趣宣誓３No.６４６）

「春弥生雲間に隠る満月の　光輪際に星の涙か」↑（千趣宣誓３No.６４７）

３・11東日本大震災被災ののメモリアルの日に寄せて長恨歌一首
「春弥生 寒さも残る 四年前金曜日 あの日の夜に 月もなく 電気は途絶え水もなく 足下に
轟く大地の震え 絶え間なく 芯から凍え 目を凝らし ふと見上げれば 漆黒の 鵺の哭くよな闇夜の空に
散りばめた 無窮の星に 天の川 手と手握るか昴星 吾手探りに 家を出て最寄りの学舎 避難所の
黒く滲んだ体育館　引き摺るように重い脚 道行く人は 声もなく ただ身を縮め 腰おとす 仮のストー

ブ
灯り廻りに 身体寄せ 互いに支えつ 暖を取り ラジオニュースの　声に聴く 見知らぬ人の 名の連呼
静かに聞くや いまも空しき まして原発 壊れしことを 知るよしもなく五日間 常陸の海の 波に問うまで
こだまでしょうか いいえ誰でも」２０１５・03・06

東京タワー&夕陽 なう ２０１５０３０６ 帰りぎわに一首です
「朝日より沈む夕陽も素敵ねと　そう言う君がもっと好きだよ」↑（千趣宣誓３№６４８）

快晴の空模様　名古屋女子マラソン２０１５ 街頭応援
おはようございマックス　雨模様のマンデーモーニング　さて昨日は名古屋女子マラソンの応援に名古屋一泊 日曜日の朝は前日の雨がウソのような日中の最高気温17度快晴青空に恵まれました。名古屋女子マラソン大会として１８０００人参加だったそうです この中に我が娘もフルマラソンにチャレンジしてなんとか完走したのです。完走タイムは四時間五十六分 沿道で声かけ応援もしっかりハイタッチできました ※写真はフィニッシュのゴールはナゴヤドーム内熱気に溢れて２０１５０３０８

名古屋から東京へ帰る道行きの東名高速のドライブ中フロントガラス越しに見えた地平線に上がった
真ん丸満月の大きさと輝きは助手席に疲れて眠る娘のフルマラソンチャレンジにおめでとうのご褒美
みたいに月明かりを運転手の父は秘かに眺めていました
「満面の笑みを浮かべて薄墨の　富士の麓に春の名月」↑（千趣宣誓3№649）

「カラフルにお花畑に香りたつ　名古屋に競うマラソンの華」↑（千趣宣誓3№650）

「誰かれと構うことなく声かける　ツレこそきっと走りたかったのだ」↑（千趣宣3№651）

完走のご褒美はなんとティファニーの大会特製のサクラを型どったペンダント
「完走のご褒美うれしペンダント　胸に輝け花の首飾り」↑（千趣宣誓3№652）

名古屋 大須観音 初めて参拝しました 20150308 開運おみくじは「小吉」そこで一首です
「開運の籤開いた指先に　雀のウン付く吉のおまけに」↑（千趣宣誓3№652）

「スギ花粉首から上の七つ穴　出入り自由に我が儘気儘」↑（千趣3№653）

「味噌カツに　きしめんういろ赤福櫃まぶし　女子マラソンに金の鯱鉾」

おはようございます　青空快晴チューズデー花粉も飛散 鼻水も悲惨なチューズデー　花粉症ごときにまけてはいられないですよね今日も元気で過ごしましょう 今朝の一首です

「涙目の理由は花粉にあらず春やよい　別れと出会い三離四会」↑（千趣宣誓3№654）

「雨降れば花粉流して嬉しさも　晴れては鼻腔くすぐる辛さよ」↑（千趣宣誓3№655）

「しがらみも涙も流す雨ならば　地には芽生えよ希望の種を」↑（千趣宣誓3№656）

「今日の日をぶじに過ごせしありがたさ　胸に両手を重ねあわせて」↑（千趣宣誓3№657）

「縦横に織り込む糸のかぼそきに　やがては錦固い絆に」↑（千趣宣誓3№658）

おはようございます3・11水曜日　四年前の3・11は快晴で肌寒い底冷えのする金曜日でした今朝の一首

「受け入れる勇気がなけりゃいつまでも　あの日のままで変わりはしない」↑（千趣宣誓3No.659）

「隆々と繁る青葉に青空も　千に一度の災知る由もなし」↑（千趣宣誓3No.660）

「もし時をただいちどだけ戻せたら　あの日あの時五分前に」↑（千趣宣誓3No.661）

※写真は今朝の中央区勝ちどき橋隅田川の辺り

おはようございます週も後半サーズデー今朝も勝どき橋から一首

「この水のゆくえも知らずすみだ川　誰の静止も聞かぬものかは」↑（千趣宣誓3No.662）

「ありったけ力をこめてアリガトゥー　空に向かって叫んでみてよ」↑（千趣宣誓3No.663）

「言の葉を拾い集めて彩りを　枝に捧げてや河畔の樹」↑（千趣宣誓3No.664）

夕陽に東京タワー浜離宮方面を望む勝どき橋なう ２０１５０３１２ 帰りぎわに一首
「湾岸に黄昏迫る小麦色　まだ早いかな麦酒干す夢」↑（千趣宣誓３№６６５）
「つながりはかくもはかなくひとすじの　糸ひく指を手繰り寄せては」↑（千趣宣誓３№６６６）
「花は咲く君のこころの奥深く　希望という名の種有る限り」↑（千趣宣誓３№６６７）
「鎮魂の武蔵の国の戦艦は　そっとしておけポセイドン神」↑（千趣宣誓３№６６８）
おはようございます早くも弥生も中旬13日の金曜日ですね。明日はホワイトデー今朝も勝どき橋から一首
「ことさらにシロクロつけて争はず　敢えてグレイの色に染まりたり」↑（千趣宣誓３№６６９）
※写真は名古屋の大須観音 愛知県生まれなのにこの歳になって生まれて初めてお詣りしました先週の日曜日

「続・千趣宣誓」１月発刊しました。オヤジの短歌集第二弾　Amazonの密林やセブンネットに楽天・丸善・ジュンク堂・honto書店ネットＨＰなどをお訪ねください 自費出版第一歌集の「新・千趣宣誓」も併せてどうぞ 二冊ぜんぶで合計二千首 みそひともじの短歌でオヤジの日記にかえて歌で詠みました

早咲きのサクラ発見かも 東京中央区勝どき橋 月島第二小学校前なう ２０１５０３１３ 春はもうそこにきている

「散り急ぐわけも語らず梅の花　春の息吹を繋げサクラに」↑（千趣宣誓３№６７０）

「卒業の門出を祝い咲く花の　務め済ませば早や散る支度」↑（千趣宣誓３№６７１）

おはようございますサンデーモーニング長野県にきています

「せせらぎの雪渓迫る信濃路の　暗きトンネル越えて湯の華」↑（千趣宣誓３№６７２）

「こつこつと倦まずたゆまず続ければ　きっと良くなるそれを信じて」↑（千趣宣誓３№６７３）

上高地の麓 梓川の清流を眺めながら 秘湯の宿 坂巻温泉宿にて露天風呂なう ２０１５・03・22松本城は国宝ですがまだ世界遺産にはなっていません 徳川家ゆかりの家臣団により城の主は六家二十三代に受け継がれて四百年あまり２０１５０３２２おはようございます☆マンデーモーニング　サクラ前線北上中　今朝も一首です

「黒闇に続く隧道谷あいに　疲れも知らず泉水溢れおり」↑（千趣宣誓３№６７４）

「高原の雪融け水の湯の恵み　一糸纏わぬ肌に染み入る」↑（千趣宣誓３№６７５）

※写真は昨日快晴に恵まれた長野県上高地周辺の白骨温泉の白樺群生林にて ２０１５・03・22

「氷柱の刃の如く縦一閃　鏡にうつす春の雪融け」↑（千趣宣誓３№６７６）

松本市内から西へクルマで一時間あまり長野県は安曇野上高地に近い白骨温泉（しらほね）白濁の源泉掛け流し炭酸硫黄泉 小笹の湯にて ２０１５・03・22 温泉の効能は 五十肩 神経痛 皮膚病 高血圧 糖尿病 胃腸疾患 等々 要するに大人の病全般的に効くらしい。 なによりこころの病に癒しの最大効果があれば嬉しい

※長野県は上高地付近の白骨温泉への林道にて20150322
「雪解けの春訪なう足元に　いまだ君との距離を測りきれずに」↑（千趣宣誓3No.677）

お彼岸の中日に長野県松本城にて
「松に城（待つにしろ）お壕に映す逆さ絵の　鯉（恋）の行方を風に問うまで」↑（千趣宣誓3No.678）

写真は日本のお城の中でも特に名城と誉れ高いのは信州松本城 ほかにも最近補修が終わったばかりで黒田官兵衛ゆかりのの別名白鷺城とも呼ばれる姫路城 そして愛知県の犬山城で あともうひとつ挙げるとすれば それは滋賀県の彦根城 ですね
「信州の　蕎麦より君のそばがいい　ベタつきもせず薄味ゆえに」↑（千趣宣誓3No.679）
「シナリオに描く通りに逝かぬこと　胸に納めて笑い飛ばそう」↑（千趣宣誓3No.680）
「モノカネも名残惜しんで棺桶に　持ち込むほどの人の強欲」↑（千趣宣誓3No.681）

「日めくりも時計もたずものいはず　蕾開かせ春を知らせる」↑（千趣宣誓3No.682）

「窓の外眺めてみては気もそぞろ　耕しきれぬ未知の自分に」↑（千趣宣誓3No.683）

「仮染めの旅にしあれば今の今　一期一会の目に焼き付けよ」↑（千趣宣誓3No.684）

「ウグイスを春告鳥と名付けては　花鳥風月手の鳴るほうへ」↑（千趣宣誓3No.685）

※写真は松本城の天守閣の窓から覗いた城の内壕と松本市内の風景。いまから四百年前の初代松本城の城主は徳川家譜代の家臣の石川数正氏だったそうな 国宝松本城を世界遺産登録に向けて応援したいものです

※ 撮影日は20150321

「それぞれの想いの丈を矢に託し　引き絞ることのさぞや難かし」↑（千趣宣誓3No.686）

「意に添わず逃げ出したいと思う畫　むしろそこから自分探しに」↑（千趣宣誓3No.687）

おはようございますあくまでもブルースカイブルーのウェンズデー今日もスマイル忘れずに今朝も一首
「ガラケーを使いこなして有余年　不易流行後生大事に」↑（千趣宣誓３№６８８）

「櫛の歯の欠けるがごとくまたひとり　友の去りゆくＦＢ寂しき」↑（千趣宣誓３№６８９）

※写真は先週土曜日長野県は松本城の天守閣の中から矢窓をのぞきこんだ風景
おはようございますあともう１週間で４月を迎えるサーズデー今朝も京浜東北線の車中から一首です
※写真はお彼岸で両親の墓参り春の彼岸に沈む西陽の美しく眩しかった愛知県刈谷市の駅前にて撮影
「涙目に曇る眼鏡に春霞　父母と過ごせし時はベールに」↑（千趣宣誓３№６９０）

おはようございます　弥生月最後のフライデー　今朝も地下鉄都営大江戸線の車中から一首
「肌の色いいえ白にちかいわと　嘯く君の上唇に染める吉野のサクラ色こそ」↑（千趣宣誓３№６９１）

※写真は信州松本城の天守閣から撮影しました手前は城の内濠

「また一年先に逢おうと櫻華　散らす支度も風の吹くまま」↑（千趣宣誓３№６９２）

「見上げれば春の霞を喰うたか　やや小肥りの三日月笑ふ」↑（千趣宣誓３№６９３）

※写真は東京中央区月島第二小学校前に咲く桜ほぼ五分咲きです２０１５・03・27
おはようございますマッサンの最終回を見てエリーとお別れしつつ、さいたま市の今朝は花曇りのサタデーモーニング 近くの公園で満開の桜を見つけて足を止めましたよほど陽当たりのいい場所なのかな 土曜日久しぶりに図書館で借りた本たち「言葉ある風景 ｂｙ 小椋佳」「みっともない老い方 ｂｙ 川北義則」「新版古今和歌集」「徒然草を解く ｂｙ 山極圭司」

「サクラサクというのになぜ落ち着きの　無さにとまどう冬のなごりに」↑（千趣宣誓３№６９４）

「氷上の踊り子たちのつま先に　宿る火花に替えて氷の微笑に」↑（千趣宣誓３№６９５）

両国江戸東京博物館にぶらり散策　大関ヶ原展を鑑賞 歴女歴男で大混雑していました 武将の甲冑名刀や長刀をじっくり見終わったあとは外は冷たい雨模様 雨宿りして一首です20150329

「つわもののところ狭しと関ヶ原　屏風に雄姿永久に留まれり」↑（千趣宣誓3№696）

雨宿りは上野御徒町　松坂屋横のサンマルクCafeお気に入り定番の白玉抹茶クリームアイスぜんざいそれに といま鑑賞してきたばかりの大関ヶ原合戦のパンフレット味わい中

「目頭の奥の痒さに堪えかねて　あらゆる罪を花粉に背負わす」↑（千趣宣誓3№697）

「夜桜に寄り添う月の照れ隠し　今宵の主役君に譲らむ」↑（千趣宣誓3№698）

第四章　桜花

おはようございます桜満開チューズデー　今朝も京浜東北線の満員御礼の車中から一首です
「ひとひらの花のかけらを指先に　触れるまもなく風に奪われり」↑（千趣宣誓3No.699）
「満開の桜の下で花も愛ず　スマホに興ず寂しからずや君の頭上に花も散るらむ」↑（千趣宣誓3No.700）
「明日からは新年度とは露しらず　花を愛でるも今日の一日」↑（千趣宣誓3No.701）
「咲く花の命みじかし散る時も命は人を待つものかは」↑（千趣宣誓3No.702）
帰りぎわに地下鉄都営大江戸線に乗りもう一首です
「まさかとは思えど（江戸）寒く冷房の　スイッチオン弥生の地下鉄」↑（千趣宣誓3No.703）

※写真は自宅近くの神社の境内に咲き誇る今朝の桜@さいたま市南区 2015・03・31
おはようございます今朝は花曇り卯月最初のウェンズデー春爛漫 今朝も京浜東北線の車中から一首です

「筆入れをパステルカラーのランドセル　詰めこむ朝の君の旅立ち」↑（千趣宣誓3 No.704）

「見納めに散りゆく前の桜花　映して白く身をもこころも」↑（千趣宣誓3 No.705）

「もう二度とこの手離すな道半ば　振り返らずに前をみるだけ」↑（千趣宣誓3 No.706）

「四月馬鹿人を欺く軽口も　自分に嘘をつけまじものを」↑（千趣宣誓3 No.707）

「雨上がり舗道の隅に七重八重　寄り添う花のものや思ふと」↑（千趣宣誓3 No.708）

「お社に桜吹雪の南風　春まだ浅き夢も見ぬまに」↑（千趣宣誓3 No.709）

一本の木に白や紅色の花が咲き乱れる不思議２０１５０４０２@さいたま市 そこで一首です
「紅白に袂を分かち源平の　浦に花燃ゆ呉越同舟」↑（千趣宣誓３№７１０）

２０１５桜、散りゆく前にもう一度だけ瞼の奥に写しておきます２０１５・４・２@さいたま市内
今日土曜の朝 図書館で出会った本 「シンプルに生きればすべてがうまくいく by 西村豪庸」
「すべての答えは自分にあった by 船井幸雄」「四季の公案 by 玄有宗久」 ２０１５０４０４ 場所：
六辻水辺公園

ふと思いついたゴールデンウィークのドライブツアーの過ごし方プラン　長野善光寺のご開帳見学経由北陸富山石川福井県の秘湯温泉めぐり　うんこれはいいかも七泊八日なら充分 いや瀬戸内海周遊ぶらり旅もいいし 和歌山京都奈良＋高野山詣でもいいし勿論温泉めぐりメインで 迷う 場所：六辻水辺公園

雨の日曜日にはＳＦ映画で妄想の世界へワープしてましたJupiter 素晴らしい映像美ですオススメします、映画はやっぱり映画館で鑑賞するのがベスト お休み前に一首です

「路地裏にそぼ降る雨に傾げ傘　袖振り逢うも花の散りぎわ」↑（千趣宣誓３№７１１）

おはようございます　今朝はみぞれ混じりのウエンズデイ今朝は定期健診で北浦和駅前にきています
スタバで一服これからメディカルセンターへ。今朝も一首です

「ゆく春を取り返せとや花祭り　氷雨交じりに花は流れて」↑（千趣宣誓３№７１２）

「お釈迦さま頭の上に小雪かぶり　裸の胸にも滴伝いて」↑（千趣宣誓３№７１３）

「まさか雪お釈迦様でも吃驚の　四月八日に雪の降り積む」↑（千趣宣誓３№７１４）

「時ならぬ花見のあとの雪見酒　慌ててコートの襟を立てつつ」↑（千趣宣誓３№７１５）

「散りぬべき時知るよしもなく今年（こぞ）の花　雨に流され土に還らむ」↑（千趣宣誓３№７１６）

桜の絨毯@さいたま市南区２０１５・04・11 今日も図書館でたくさんの本のなかから私と波長があっ

てくれた本たちは「男の成熟 by 川北義則」「良寛全句集 by 谷川敏朗」「日本人て、何ですか by 竹田恒泰 呉善花」「父 相田みつを by 相田一人」貸出し期限は2週間 必ず返却します 場所：六辻水辺公園

源平桃、というのだそうです。花の不思議 ビューティフルサンデーモーニング　今朝も一首です
「食欲に並びたてるか読書欲　ただ睡眠欲に勝てるはずはなく」↑（千趣宣誓3 No.717）
おはようございます　雨のチューズデー今朝の一首です
「再設定やり直すたびため息の　重ね重ねにパスワード変え」↑（千趣宣誓3 No.718）
「過半数割れにも選び選ばれし　一票重く肩に背負ひて」↑（千趣宣誓3 No.719）
「また明日も目覚めていのちあることを　知るも知らぬも今の今こそ」↑（千趣宣誓3 No.721）
「働けど働けどなお定年の　歳の逃げ足更に駆け足」↑（千趣宣誓3 No.722）

おはようございます花の金曜日ですが春雷もありそな気配のする今朝の空模様朝の勝どき橋の河畔から一首

「朝ぼらけあと10分あと3分　惰眠貪る浅き春夢」↑（千趣宣誓3№726）

「コブクロの蕾聴くたび思い出す　うつむく君と交わす握手を」↑（千趣宣誓3№727）

「人の顔見ずにうつむく君の背に　積もる言の葉今朝は濡れつつ」↑（千趣宣誓3№728）

※写真はJR御徒町駅に掲示してあったポスター美しさにしばし立ち止まりました

雨が降りそうな淀むお天気に恨めしやそら模様気になりつつ帰りぎわに一首です

「親指の先につながるまぼろしの　朋友探し自分さがしに」↑（千趣宣誓3№729）

のんびりサンデー春うらら

「花の名を知るも知らずも春うらら　花咲く時は忘れじものを」

おはようございます　やっと休日ご無沙汰ディ春らしい好天に恵まれて今朝の一首です
「目の前に優先順位の居並びて　引っ換え取り替え前に進まず」↑（千趣宣誓３№７３０）

「埋もれてく記事も写真も思い出も　濃縮されて記憶の底に」↑（千趣宣誓３№７３０）

春の陽射しのライブラリーサタデー　私の生活習慣病毎土曜日は近くの図書館通い今日出会ってくれた本と人「隅田川の向こう側私の昭和史 by半藤一利」「良寛 by吉野秀雄」
南浦和図書館お昼休みに一首
「充電の知らせはスマホのみならず　心も身体もアンテナ立てて」↑（千趣宣誓３№７３１）

「いつもならとうにねているときならで　素面で揺れる京浜東北」↑（千趣宣誓３№７３２）

「アジェンダに載ってはいないアジェンダで　熱弁振るう上司淋しき」↑（千趣宣誓３№７３３）

おはようございます雨あがるチューズデー今朝も懲りずに一首です

「春雨や痕跡残して疼く心根の　渇くいとまも許し給わず」↑（千趣宣誓3№734）
「春眠の寝ぼけまなこに鮮やかに　ミニスカ女子に春風の立つ」↑（千趣宣誓3№735）
「すでに花散りて青葉の衣替え　春の嵐にこころ波立つ」↑（千趣宣誓3№736）
「ひとつ得てふたつ失う歳ゆえに　定期忘れて帰る家路に」↑（千趣宣誓3№737）
おはようございます春風そよぐウェンズデー　今朝も一首です
「葉緑素少し吾にも分けてくれ　光合成なそ試してみよか」↑（千趣宣誓3№738）
「陽だまりに若葉写して水溜り　波紋に消ゆる君の言の葉」↑（千趣宣誓3№739）
「被写体はこころを写す鏡ゆえ　歪んで曇る霞み掻き消せ」↑（千趣宣誓3№740）
※もう十年近く自宅のベランダにあるカネのなる木に珍しく花がひとつ咲きました20150408

花祭り

勝どき橋に到着して一首です
「足元に誰そ落とした御守りに　見向きもしないスマホ人種は」↑（千趣宣誓３№７４１）

水温む　春のうららの　すみだ川　河岸に微睡み　人の世の
　　機微を集めて　言の葉を　みそひともじの　カルタ創らむ

まずはア行の「あ」からカルタ歌スタートです
「ありのままあるがままにはうけいれず　わがままとおすひとのつれなさ」↑（千趣宣誓３№７４２）

カルタ歌「イ」で一首です
「いしばしをたたいて渡るくらいなら　きびすを返しお茶して遊べ」↑（千趣宣誓３№７４３）

残業帰り際にカルタ歌「ウ」で一首です

「うけいれてよく噛みしめて腑に落ちる　酸いも甘いも人の味わい」↑（千趣宣誓3№744）

カルタ歌で「エ」

「えそらごと浮かべてみては妄想の　天使の羽根に抱かれて眠れ」↑（千趣宣誓3№745）

カルタ歌で「オ」亡くなったワイルドワンズの加瀬さんのご冥福をお祈りします

「おもいでのなぎさによせるとしなみに　むかしのうたのすなにしずみつ」↑（千趣宣誓3№746）

おはようございます雨あがり今朝の青空見あげれば心も軽くサーズデイ　カルタ歌で「カ」

「かたときも忘れることのない言葉　ひとには秘して磨き続けて」↑（千趣宣誓3№747）

カルタ歌で「キ」

「きみの目の瞳の奥に虹の色　消えいる前に曇る泪は」↑（千趣宣誓3№748）

帰りぎわにカルタ歌で「ク」

「くやしさをバネに委ねて身をかがめ　空を睨んでロケットスタート」↑（千趣宣誓３№７４９）

カルタ歌で「ケ」
「消しゴムで消せぬ記憶を消さむとて　カスも増えます苦い痕跡」↑（千趣宣誓３№７５０）

カルタ歌で「コ」
「今宵こそ思いの丈を晴らさむと　こころに懸かる雲を蹴散らせ」↑（千趣宣誓３№７５１）

カルタ歌で「サ」
「さきまわりすればするほど空回り　今するべきことの時は今なり」↑（千趣宣誓３№７５２）

おはようございます春のもうららの金曜日今朝もカルタ歌で「シ」
「しあわせの意味を論ずる君の唇　こぼれる笑みに触れるしあわせ」↑（千趣宣誓３№７５３）

「春は花 散りゆく時を こころえて 陽射しを糧に 青葉眩しき」↑（千趣宣誓３№７５４）

「ラジコンのヘリを飛ばして草叢に　寝そべる春の昭和懐かし」↑（千趣宣誓3№755）

夕暮れ黄昏の勝ちどきはしウォーターフロントなう帰りぎわにカルタ歌で「ス」で一首です

「スマホとの距離と相性比べては　強弱つけて触れる指先」↑の千趣宣誓3№756）

カルタ歌で「セ」

「せのびしてあれもこれもと際もなく　我欲の皮の張り裂けるまで」↑（千趣宣誓3№757）

「流星号呼び出すスーパージェッターの　リストウォッチやっと世に出る」↑（千趣宣誓3№758）

近くを散歩中に出会った葉桜の青葉と藤の華の紫の競演　春から初夏へ来週はもう夏も近づく八十八夜ですね　さいたま市内―場所：埼玉県さいたま市南区

我が家に飾ったお宝は落語家で紙切り名人の林家正楽さん、新宿末広亭の寄席で目の前であざやかに鋏を入れてあっという間に出来上がった作品。師匠から直に手渡しで戴いた宝船は私のお宝中の宝です。

カルタ歌で「夕」
「たのしさのあとに襲わる空しさの　また繰り返す螺旋の渦に」↑（千趣宣誓3№759）

第五章　若葉

栃木県は奥塩原の新湯温泉にきましたさいたまからドライブで2時間半の深緑の旅山のミドリのトンネルを曲がりみち標高800メートルここは凌雲閣という宿で立ち寄り入湯　白濁の硫黄臭のあるもちろん源泉かけ流し　場所：奥塩原新湯温泉　湯荘白樺　塩原温泉郷は元湯温泉えびすや旅館の弘法の湯にイン 新緑の季節でも川の水はまだ冷んやりカルタ歌は続いています「チ」で一首です　場所：塩原元湯温泉ゑびすや

「地には花 山には緑 青空に こどもつばめの 風をきる音」↑（千趣宣誓3№760）

カルタ歌の続きは「ツ」で一首です

「つなぐ手を二度と離すなこの道を　ふたりで歩くエリーマイラブ」↑（千趣宣誓3№761）

カルタ歌で「テ」す

「天秤にかけて戸惑う公と　私の境界滲む歳の經る間に」↑（千趣宣誓3№762）

「天災は忘れたころにやってきて　忘れ難きは人の災い」↑（千趣宣誓３№７６３）

帰りぎわにもカルタ歌で「ト」で一首です
「時はただ音も立てずに忍び寄り　行き交う人を追いかけもせず」↑（千趣宣誓３№７６３）
浜離宮恩賜公園港区六本木方面ウォーターフロント隅田川の対岸より２０１５０４２７

おはようございます今日は４２８きっと「シニヤ」の日　今朝もカルタ歌の続きで「ナ」で一首です
「明日からは　黄金週間　それぞれの　こころの渋滞対策　考えて磨いて　みてはそのいぶし銀」
「何気ないそのつぶやきに隠された　本音に気づく人の幸い」↑（千趣宣誓３№７６４）

黄金週間Day1st 毎年不思議なのは今日の昭和天皇の誕生日はなぜか晴天率が高いことですね　おはようございますハッピーＧＷのスタートですね　今日は祝日ウェンズデー今朝もカルタ歌で「ニ」で一首です
「逃げ道にのがれうつむき小走りに　悔し涙を風に預けて」↑（千趣宣誓３№７６５）

おはようございます黄金週間第2日目天気も良くてハッピーサーズデイ今朝は自宅でしずかに一首です
カルタ歌の続きで「ヌ」
「ぬかるみに足を取られて前のめり　長ぐつひとつ残す青田に」↑（千趣宣誓3№766）
カルタ歌続いて「ネ」
「ネモフィラの花咲く丘に雲雀あがり　君との距離もデクレシェンドに」↑（千趣宣誓3№767）
風薫る五月の朝にカルタ歌で「ノ」
「のど奥に熱く張り付く渇きなら　さらりと流す涙ひとつぶ」↑（千趣宣誓3№768）
続いて「ハ」行でカルタ歌
「白日のもとにこの身こころを晒しては　頭上に揺れる欲の陽炎」↑（千趣宣誓3№769）
「春はアメ横 やうやう 雨あがる いと嬉し お待ちかね 日本だけかも 黄金の大型連休 始まりぬ

さて安近短の 狭い路地 ひしめきあうは 異邦人 春風そよぐ 半袖の 肌も露わに 太腿に ひらひら舞うは 揚羽蝶 旅ゆく人と 一期一会に」 151A 場所：アメヤ横丁↑（千趣宣誓3№770）

「風立ちぬサツキもメイも森の精　見守る人のまなこ優しく」↑（千趣宣誓3№771）

明日から5泊6日の日程で北陸方面をぐるりとドライブに出かけます気ままに温泉巡りの旅ジャーニー　長野善光寺お参りして経由金沢経由輪島廻って山中山代温泉あたり永平寺も

「ヒ」で一首です

「陽だまりに青葉繁れる白河の　水面に揺れる鯉の尾ひれは」↑（千趣宣誓3№772）

「フ」で一首です

「古池の庭に寄り添う清河の　カフェのグラスに響くアイスキューブに」↑（千趣宣誓3№773）

「築地からそぞろ歩きの隅田川　酔いに紅らむ春屋形船」↑（千趣宣誓3№773）

カルタ歌の続きで「へ」
「平凡の積み重ねこそ有り難き　ついまた忘る今日の一日」↑（千趣宣誓3№774）

カルタ歌で「ほ」
「帆を揚げて大海原に漕ぎ出でし　君の眉毛の微かに曇りつ」↑（千趣宣誓3№775）

おはようございますGWも半ばの月曜日、富山県は黒部渓谷にある宇奈月温泉「延対寺荘」に投宿しました
「マ」で一首です
「満面に出湯溢れて深山の　緑の水に吾が身融けゆく」↑（千趣宣誓3№776）

カルタ歌で「ミ」で一首です　富山の氷見湊にて
「見渡せば天海分かつ日本海　ツバメ雲雀のほかに吾ただひとり」↑（千趣宣誓3№777）

カルタ歌で「ム」で一首です

「麦わらの仲間とともに海の果て　地の果てまでも大志求めて」↑（千趣宣誓３№７７８）場所：輪島袖ヶ浜

カルタ歌で「メ」で一首です

「目に青葉 山若ツバメ 千枚田 カエルの子らの 尾鰭悦ぶ」↑（千趣宣誓３№７７９）

石川県、輪島の朝市、千枚田、能登半島の西海岸沿いに砂浜を車で走れるビーチに感激して、金沢兼六園五月五日の能登半島ドライブフルコースおはようございます　五月晴れに恵まれた黄金週間も終盤になりました、心ゆくまで心身をリフレッシュしておきたいものですね。

カルタ歌も終盤になりました。「モ」で一首です

「文字列を正すいとまも言霊の　寄せては返す波打ち際に」↑（千趣宣誓３№７８０）

※写真は能登半島の西海岸にある千里浜なぎさドライブウェイです。約８キロの砂浜を車で走る不思議な砂浜

輪島温泉露天風呂から日本海を眺めて朝湯をいただきました＠八汐旅館２０１５０５０６

おはようございます華も実もあれ金曜日キープオンスマイリング　勝どき橋で一句
「夕暮れの 影の尾を引く 隅田川」 ー 場所：築地にっぽん漁港市場

カルタ歌で「や」で一首
「約束の蜜の溢れしカナンの地　見果てぬ夢の夢のオアシス」↑（千趣宣誓３№７８１）
静寂の禅寺ようやく念願叶い初参詣できました 永平寺修行僧の凛とした立ち居振る舞いに心うたれます

おはようございます北陸の旅から無事にさいたまに帰りました今朝から仕事モードにギアチェンジですね
カルタ歌の続きで「ゆ」で一首です
「湯加減を気遣う母の面影を　重ねて仄か宿の女将に」↑（千趣宣誓３№７８２）
写真は福井県の加賀温泉郷のひとつ、あわら温泉の共同浴場です

カルタ歌で「よ」で一首

「良かれとて心に浮かぶ言の葉を　ありのままには君には云うまい」↑（千趣宣誓3№783）
※写真は能登半島西海岸の千里浜なぎさドライブウェイにて撮影

カルタ歌の続きで「ら」で一首です
「楽をして得られた楽の貧しきに　気付く悔しさ次の楽しみ」↑（千趣宣誓3№784）
場所：東尋坊禅寺永平寺、唐門にて永平寺を護る四天王たち0506塵ひとつ見あたらない磨き清められた階段、永平寺法堂へ登る階段

輪島の朝市からさらに北へ千枚田の棚田は水ぬるみ五月晴れ 場所：道の駅千枚田ポケットパーク
カルタ歌で続いては「り」で一首です
「凜と立ちポニーテールを束ねては　眩しすぎるは君の二の腕」↑（千趣宣誓3№785）

カルタ歌で「る」で一首です
「瑠璃色の石を砕いて丹念に　描く少女の青い顔立ち」↑（千趣宣誓3№786）

続きは「れ」で一首です
「レントゲン裸のこころ映すなら　御簾の奥にも色を付けたし」↑（千趣宣誓3No.787）
今朝もカルタ歌の続きで「ろ」で一首です
「六感を研ぎ澄ましてはアンテナを　高くし過ぎて緩さ忘れな」↑（千趣宣誓3No.788）
カルタ歌で「わ」で一首です　場所：千里浜なぎさドライブウェイ
「湧く谷に熱気漏れ出し地下深く　潜むマグマのこころ読めずに」↑（千趣宣誓3No.789）
カルタ歌で「を」で一首です
「をしみなく注ぐ光の眩しさに　なおやわらかな君の黒髪」↑（千趣宣誓3No.790）
カルタ歌最後の〆は「ん」で一首です。これでカルタ歌シリーズはひとまず終わりにします
「んんっとねあれもこれもとおねだりの　君の買い物いつも手を焼く」↑（千趣宣誓3No.791）
俄か雨のあと、紅色の花がひときわ鮮やか

「長歌」二首

「一生の三分の一は寝て暮らし　目覚めて露天の湯に浸かり　一合の冷や酒ちびり傾けて　こころの通う友と夜っぴて語らえば　友を師とし学び合い　夢で逢えればまた飲み交わす　あとの半分は宮仕え　苦しささえも耐えて耐え　あとの祭りと心得て　増してや増える悦びは　生きて生かされ　一睡のごと

今日の一日これで一生」神田明神祭り、今年は神輿の船渡御もありました。12年ぶりだとか 秋葉原駅

「夏は野分けて やうやう棚田に苗の 青々と オタマジャクシも騒ぎ立て 五月の海に 急ぎ足 波風立てる

風神雷神 いでましたるや　疾きこと いとあじきなし 去りゆくまでは 肩をすぼめて 紫陽花の 花の青さの 潤うまでの 色の移ろうさまを 眺めつ過ごす 五月半ばに」

「お神輿は船で渡らせ神田川　たなびく風に心洗われ」↑（千趣宣誓３№７９２）

神輿の舟渡なう神田祭り ２０１５・05・10そして今日は母の日　場所：万世橋駅

おはようございます五月晴れの爽やかなマンデーモーニング、台風の進路が気になりますがまずは今日の一日を明るく過ごしたいものですね　場所：勝鬨橋
「薫風を梳かして涼しすみだ川 祭りの前も後も変わらず」↑（千趣宣誓３№７９３）

「神田川薮そばよりも君のそば　長居せずとも長く愛して」↑（千趣宣誓３№７９４）場所：かんだ藪蕎麦

昨夜の大河ドラマ花燃ゆを見て一首です
「草莽の志士の脚元照らすのは　賢母の灯す笑みの一灯」↑（千趣宣誓３№７９５）

おはようございます　今朝も一首です　※写真は先週訪ねた金沢の兼六園にて芭蕉の句碑
「掘り起こし なお掘り進め 井戸の水 我が身写して 濁りたもうな」↑（千趣宣誓３№７９６）

地下鉄都営大江戸線に乗り帰りぎわに一首です※写真は日曜日、神田祭り神田明神下で撮影
「もとよりも眼には見えない絆なら　繋ぐも編むも思いのままに」↑（千趣宣誓３№７９７）

ウチに帰り冷たいビールを煽って一首です
「湯の華を 浮かべて蒼し 玉の肌 我が衣手に 紅に染まりつ」↑（千趣宣誓3No.798）

おはようございます台風一過の水曜日今朝も一首です
「なぜ空は高くて青いと問う君の　本心写すを君知る由もなく」↑（千趣宣誓3No.799）

昼休みに一首です
「爪痕を残して疾く野分け去り　青空ばかりノー天気とは」↑（千趣宣誓3No.800）

「自分さえ見知らぬ心の在り処など　如何に知らせむ個人情報」↑（千趣宣誓3No.801）

おはようございます　今日も暑くなりそなサーズデー今朝も京浜東北線の車中から一首です
「あの角を右に曲がればマイホーム　二階の窓の灯り頼りに」↑（千趣宣誓3No.802）
※写真は先週訪れた石川県は輪島の海岸です日本海

昼休みに一首です
「ペルソナの仮面に替えてデカマスク　微笑隠してさても哀しき」↑（千趣宣誓3No.803）

「伝えたい願いの二分も伝わらず
　あとの八分は胸に燻らす 熟して育つ時満ちるまで」↑（千趣宣誓3No.804）

帰りぎわに一首です
「欲求を満たせば緩むものぐさの　性の根絶てる種は尽きまじ」↑（千趣宣誓3No.804）

「夏は夕暮れ タワー掠めて 西陽差す川面に続く 黄金の道
　消えゆくまで 茫洋と 眺めやる いとかなし」↑（千趣宣誓3No.805）

場所：築地にっぽん漁港市場
「脳幹に直接響く色彩も　やがて薄れる時の満つまで」↑（千趣宣誓3No.806）

おはようございますビューティフルサンデー 金曜日に美術館巡りでアートの世界を全身で色彩を堪能できた余韻からいまだ覚めやらず今朝の一首です
「電流の迸り出して火花散る　こころに宿るニクロム線に」↑（千趣宣誓３№８０７）

「琴線に触れそで触れぬ頃合いの音聞くまでの絵との語らい」↑（千趣宣誓３№８０８）

おはようございます昨日は浅草で勇壮な三社祭の江戸の粋を肌に感じてきました そこで一首です
「担ぎ手に夕暮れ迫る下町の　薫風そよぎ踊るかけ声」↑（千趣宣誓３№８０９）

三社祭見て雷門前の藪蕎麦でいただく天ざる&中瓶ビールで祭りの熱気に火照った身体を冷ます２０１５０５１７
そこで落語のネタで一首です
「時そばの花巻しっぽく下町の　蕎麦屋でメニュー頼む嬉しき」↑（千趣宣誓３№８１０）

「ひと月もましてや盛夏プランなど　海のものとも山のものとも」↑（千趣宣誓３№８１１）

どこかスッキリしない鉛色の空@東京都中央区 場所：勝鬨橋
「秋葉から三社祭へ徒歩一里　下町歩き連れと寄り添い」↑（千趣宣誓3№812）場所：金龍山 浅草寺

「目を離し 歩きスマホは やめましょう 曲がる背中の 影ぞ淋しき」↑（千趣宣誓3№813）

※写真は三社祭の本社神輿の宮入り 場所：浅草神社
おはようございます。梅雨どき迫るチューズデー寝苦しい夜に深夜ふと目が覚めて深夜映画を見て釘付けになってしまいました2000年制作のアメリカ映画、ジュリア・ロバーツ主演の「エリン・ブロコビッチ」おかげで目も頭も冴えわたってしまいましたいやぁ映画って本当にどれも感動ストーリーなのですね
「小夜更けて寝返りざまにテレビ点け　ジュリアの艶技夢かまぼろし」↑（千趣宣誓3№814）

「じっとり」と「しっとり」の違いについて一首です
「玉肌にじっとり浮かぶ濁り水　清めて蒼きしっとり美肌」↑（千趣宣誓3№815）

※写真は岡本太郎作品@東京国立近代美術館

近ごろ とみに落ちるもの 成人年齢 投票率にＴＶ視聴率 支持率指導力 眼からウロコ
老人力 ドローンにオスプレイ スマホ目線 父権・カミナリ 体力 忍耐力、 物欲それに私の読書量

おはようございます。 梅雨の知らせも聞こえる水曜日　今朝も蒸し蒸し満員電車に揺られて一首です
「万雷の拍手と聞かば梅雨時の　雨音もなお楽しからずや」↑（千趣宣誓３№８１６）

※写真は竹橋にある東京国立近代美術館のあるお堀端
『成駒も「と」にはなれずに「ふ」のままに　思い半ばにこれで投了』↑（千趣宣誓３№８１７）

※写真は三社祭で奉納された舞の舞台
「いま君の胸に秘めたるこころざし 何かと問われ一歩たじろぐ」↑（千趣宣誓３№８１８）

「信頼」という漢字を一度バラバラにしてその意味を三十一文字にして考えてみた
「人の言 束ねてわずか 一頁 いや一言の 有り難きかな」↑（千趣宣誓３№８１９）

おはようございます。深夜から未明にかけて落雷の音と稲妻の閃光に眼を覚ましましたサーズデイ

「春雷のあとにはやがて青天に　雲もこころも隈なきものを」↑千趣宣誓３№８２０

※写真は今朝の御徒町アメ横付近で見上げた空

「なぜならばその一言でサバイバル　君の囁き胸に刻んで」↑（千趣宣誓３№８２１）

「バラバラに散りばめられし信頼を　尋ねて拾う人の言の葉」↑（千趣宣誓３№８２２）

※写真は竹橋にある東京近代国立美術館の通路にさりげなく展示してあった真正面から見つめ合う彫像

「紫陽花に虫寄り付かず薔薇に棘　毒もて色も花も女も」↑（千趣宣誓３№８２３）

三日月を見上げて夜半のベランダで

「面影を語り継ぐのは言葉より　オヤジの背中母のてのひら」↑（千趣宣誓３№８２５）

場所：【公式】東京国立近代美術館 開館60周年

お昼休みに「自由」のもつ漢字の意味を三十一文字の歌にして考えてみた
「自らを由って立つにはしがらみも　後ろ髪さえひくもかまわず」↑（千趣宣誓３№８２６）
※写真は福井県 東尋坊の奇岩を見下ろし大空を飛ぶ鳶の姿

おはようございます。土日を使って7年に一度の秘仏ご開帳の機会に長野善光寺参りをしてきました。日の出暗いうちから日没まで全国から老若男女 大勢の参詣者で境内も参道も賑わっていました、ライトアップ前の西の空に美しい彩雲を拝みながら一首
「西の端に沈む夕陽を眺めては　極楽浄土来世夢見つ」↑（千趣宣誓３№８２７）

「一期一会」善光寺の西の門で見上げた屋根瓦に燕の夫婦が寄り添ってあたし達老夫婦を出迎えてくれました２０１５０５２４ 場所：善光寺

信州高山村温泉郷には松川渓谷に沿って山田温泉 蕨温泉 子安温泉 ほかにも武田信玄公の隠し湯伝説の源泉掛け流しの秘湯をたくさん楽しめます２０１５０５２４
「七割も影を隠して三日月の　隈なき明かり我も浴びつつ」↑（千趣宣誓３№８２８）場所：Zenko-

ji Temple,

「みほとけのハートにつなぐ五色糸　慈悲の温もり回向柱に」↑（千趣宣誓3No.829）場所：善光寺御開帳

おはようございます。湿気も気温も高いチューズデー今朝の一首です

「オペラ座の奈落の河に棹差して　天使の歌の響く洞窟」↑（千趣宣誓3No.830）場所：雷滝5月26日

一文字写経してみた そして選んだ漢字は「明」祈願は「平和」@善光寺

「オヤジ抜き地震カミナリ火事ツナミ　天変地異はトコロ嫌わず」↑（千趣宣誓3No.831）場所：善光寺大門

「絡み合う五色の糸は遺伝子の　親から子へのいのちのバトン」↑（千趣宣誓3No.832）場所：善光寺御開帳

月島もんじゃ通りを歩いていたらでっかい長寿の亀19歳だそうな 亀仙人さまに聞きました（いやぁビックリ

月島駅にはやっぱり月がいっぱい みんな満月　ツルはセンネン カメはマンネン 実はこの方は70歳で亀くんは19歳で人間ならば70歳とのこと。同い年だったわけですね　お父さん

おはようございます　爽やか快晴ウェンズデー今朝の一首です

「絶え間なく飛沫舞い散る滝の音に　掻き消されたり君の呼ぶ声」↑（千趣宣誓3№833）

「轟々と堕ちてく水に悔しさも　流してしまえ逸る想いも」↑（千趣宣誓3№834）

「誰彼とおもねることも無く滝の　凛と佇む森の奥にも」↑（千趣宣誓3&835）

「慌てても悔やんでみても時はただ　等しく刻む人にも問わずに」↑（千趣宣誓3№836）

「満たされず何か足りない想いこそ次のステップほんの仕合わせ」↑（千趣宣誓3№837）場所東山魁夷館

「夏野菜からりと揚げて熱々に　抹茶の塩でひとつ冷やして」↑（千趣宣誓３№８３８）

「いのちにも四季の継ぎ目の五月晴れ　備えは良いか実りの秋に」↑（千趣宣誓３№８３９）

おはようございます 梅雨の走りの蒸し暑さーズデー FB友の畑中敏明さんから頂いたコメントからヒントをいただいて今朝の一首です

「中指を立てて留まれ弥次郎兵衛　右や左にブレることなく」↑（千趣宣誓３№８４０）

「網の目を飛び交うネット情報に　誘うモノカネいかで問ふかは」↑（千趣宣誓３№８４１）

場所：松川渓谷温泉滝の湯　善光寺参りの一期一会

おはようございます　梅雨も間近なフライデー今朝も一首です

「約束」の漢字をいちどバラバラにしてもう一度約束の言葉の意味を三十一文字の歌にして考えてみた

「横の糸束ねて寄せて一点の　胸に曇りの無きと勺せば」↑（千趣宣誓３№８４２）

「我れ先に百の口かず話すより　千の言の葉聴く耳欲しい」↑（千趣宣誓３№８４３）

朝の満員電車に揺られて一首です
「寸分の隙もたがわす寄り添ひて　尚も届かぬ夢の儚き」↑（千趣宣誓３№８４４）

五月雨に濡れる勝どき橋　なう今夜も残業お疲れサマー帰りぎわに一首
「五月雨の雲の上では半月も　寝床の支度群雲まくらに」↑（千趣宣誓３№８４５）

おはようございます。今朝は朝から暑いですね。水分補給をしっかりしましょう
昨日の出来事から一首です　電車に女性専用車両がありますがたまたま乗りこんだエレベーターの中に女性ばかりに取り囲まれた感じにびっくりして一首
「天国へ登る心地やエレベータ　気がつきゃ周囲女子ばかりなり」↑（千趣宣誓３№８４６）

第六章　紫陽花

映画 駆け込み女と駆け出し男 観ました 東慶寺だより 縁切り寺の物語り 井上ひさしさんの原作。お勧めします ＤＶＤではなくぜひ大画面の映画館でおはようございます 水無月最初のマンデーモーニン 今朝の一首

「地の底に渦巻く迷いも歯痒さも　地上に上るマグマに託し」↑（千趣宣誓３№８４７）

場所：横浜中華街

「目を瞑る通勤客の目の皺に　疲れ滲ます月曜の朝」↑（千趣宣誓３№８４８）

「あじきなく過去の傷みに塩を塗る　ひと言多い君の言の葉」↑（千趣宣誓３№８４９）

「紫陽花の色濃くなれば鎌倉に　人影滲む駆け込み寺にも」↑（千趣宣誓３№８５０）

「おひさまの光浴びてし満つ月も　さしも地球の地震知らずも」↑（千趣宣誓３No.８５１）

地下鉄車両故障のアナウンスでやっとのことで乗りこんだ超満員電車にため息をついてようやく今朝の一首

「息詰まる身動きできぬ車内にも　スマホスペース手繰る悲しき」↑（千趣宣誓３No.８５２）

「やり方に古い新しいのあるものか　囚われびとの人の器に」↑（千趣宣誓３No.８５３）

場所：月島もんじゃストリート

歌にも季節はあるさそこで一首です

「夏チューブ冬に広瀬香美の歌を聴き　秋に秋桜春に百恵のいい日旅立ち」↑（千趣宣誓３No.８５４）

「天網の疎にして漏れる情報を　盗む輩の種は尽きまじ」↑（千趣宣誓３No.８５５）

「紫陽花の色に溶けこむ夏浴衣　二の腕隠す君の振り袖」↑（千趣宣誓３No.８５６）

日曜日にみた大河ドラマ「花燃ゆ」でついに高杉晋作の奇兵隊 立ち上がる
「幕末の草莽崛起のこころざし　民百姓の胸に宿りつ」↑（千趣宣誓３№８５７）

横濱の中華街でも路地裏の店の帳場で見つけた看板「一日一生」吾が座右の銘となりし一日 場所：横浜中華街

「人を乗せ揺蕩う船は海川のマグマの上の地表にも
　　　　　　同じ危うきことの天災と知るや知らずや人の災い」

おはようございます　梅雨前線停滞中のしっとりウェンズデー今朝の一首です　場所：月島駅
「イヤホンの縺れた線を解すよに　君との仲を繋ぎ留めては」↑（千趣宣誓３№８５８）

「恨んでも勝手気儘に貶しても　ぼくはきみにはなれないものを」↑（千趣宣誓３№８５９）

「はにかんだ君の笑顔を見るだけで　今日もなんとかやっていけるさ」↑（千趣宣誓３№８６０）

お昼休みに一首です
「背を丸め視線落としてスマホ見る　寂しき人のまるで内職」↑（千趣宣誓３No.８６１）

「評判」の漢字の意味をバラバラにして短歌にして考えてみた
「言の葉を平たく並べ半々に　利するも捨つるものの良し悪し」↑（千趣宣誓３No.８６２）

おはようございますアジサイも微笑むサーズデー今朝の一首です
「その半歩踏み出すことができたなら　ふりかえらずに前に進もう」↑（千趣宣誓３No.８６３）

「梅雨空にたなびく雲のゆっくりと　東に向かい姿変えつつ」　場所：勝鬨橋

いまから４００年前の今日 大坂夏の陣で秀頼そして母 淀君そろって自刃、豊臣時代の終わり
「夏草や君臣豊楽露と消え　淀の紫陽花末期となるらむ」↑（千趣宣誓３No.８６４）

おはようございます金曜日ＴＧＩＦ今朝の一首です

「地球こそ宇宙（そら）の方舟海図なく　沈む夕陽に道を問うべし」↑（千趣宣誓3№865）

「ゆく水の絶えず流れて滝の音に　デクレシェンドの胸のざわめき」↑（千趣宣誓3№866）

「風鈴のガラスの音に誘われ目覚める朝の清々しさよ」↑（千趣宣誓3№867）

そして今日出会った一期一会の著者と本たち
「東慶寺花便り　by　井上ひさし」「吾が輩は好奇心である　轡田隆史」「論よりダンゴ　山藤章二」「風の良寛　中野孝次」「梁塵秘抄　閑吟集」「年をとって初めてわかること　立川昭二」以上6冊、返却期限は2週間　全部の読破はたぶん難しいだろうけど一冊でも1ページでも　1行でも　いやたった一言のフレーズでもいいから　心の深いところに馴染めばいいかと思いますそして一首です
「図書館の本も吾が身もいのちさえ　必ず返す期限つかの間」↑（千趣宣誓3№868）
「咲く花の容姿変わらず今年の花　去年の花にあらず寂びしき」↑（千趣宣誓3№869）

「小数点おかしくないかかけがえの　ないいのちひとつの人の出生」↑（千趣宣誓３№８７０）

おはようございます６月８日月曜日 首すじに流れる汗の道すじを人差し指で堰きとめる朝 今朝も一首です

「空っぽのガラスの器にピュアな水　注いで満たす五臓六腑に」↑（千趣宣誓３№８７１）

「ひとすじの光流れて星月夜　君との距離は楕円軌道に」↑（千趣宣誓３№８７２）

おはようございます関東も梅雨入り宣言

「お湿りに嬉しい声も出せないで　花咲き薫る紫陽花の色」、今朝の一首です

「梅雨入りも砂漠の国のラマダンも　季節違わず西も東も」↑（千趣宣誓３№８７３）

単純作業中に一首です

「冷や汗も侮るなかれ仕事にも　実りもたらせ枝葉末節」↑（千趣宣誓３№８７４）

※写真は六本木ミッドタウンに睨みをきかすゴジラのモニュメント
お昼休みに一首です。ＦＢ友の伊藤睦みさんのコメントからヒントいただき妄想しつつ、

「この胸の高鳴る音の周波数　チャンネル合わせ君の波長に」↑（千趣宣誓3№875）

※写真は地下鉄築地市場駅構内にある壁画です 片岡球磨子さんの絵ですね
「後輩に譽れを譲る度量さえ　少なき人の吾もひとりか」↑（千趣宣誓3№876）

茜雲 と呼ぶのだろうか 妖し夕焼け そこで一首です
「琴線に絡む小指の指先に　弾けて消ゆる雨の調べに」↑（千趣宣誓3№877）

「何処からか聞こえてくるよ笛太鼓　夏の祭りのお囃子稽古」↑（千趣宣誓3№878）

おはようございます 梅雨の晴れ間のウェンズデー 今朝も京浜東北線の車中から電車に揺られて一首です
「結局はちっさな世界この地球（ほし）も　蛍の尻の灯りに同じ」↑（千趣宣誓3№879）

「時間には生まれ始めも終わりさえ　合えぬ定めの時の記念日」↑（千趣宣誓３№８８０）

「漏れ出ずる目には見えないウィルスの　処嫌わず悪事絶えなし」↑（千趣宣誓３№８８１）

「明日、死ぬと思って生きなさい。
永遠に生きると思って学びなさい。
幸せとは、
あなたが考えることと、
あなたが言うことと、
あなたがすることの、
調和が取れている状態である。
重要なのは行為そのものであって、
結果ではない。
行為が実を結ぶかどうかは、
自分ではどうなるものではなく、

生きているうちにわかるとも限らない。
だが、
正しいと信じることを行いなさい。
結果がどう出るにせよ、
何もしなければ、
何の結果もないのだ。 byマハトマ・ガンディー」

「方円の器に孔のじゃじゃ漏れの 情報おろか汚染水まで」↑（千趣宣誓3 No.882）

「胸襟を開けて寛ぎ耳澄ませ 人の話を聴きたしものをたじろぐほどの吾が心根は」↑（千趣宣誓3 No.883）

「君は問う今のあたしはどんな色
そうね絹のレースのうす紫色と 喉まで出でてしばしためらう」↑（千趣宣誓3 No.884）

おはようございます七色に変幻自在の紫陽花に艶も増しますフライデー 今朝も一首です
「雨垂れの石をも穿つ洞窟に 天まで伸びよ吾が鍾乳石」↑（千趣宣誓３No.８８５）
「透明のビニール傘に雨垂れの 音符とリズム弾く梅雨空」↑（千趣宣誓３No.８８６）
「差し伸べる君の指先触れもせで つま先立ちの雨水溜り」↑（千趣宣誓３No.８８７）
「あの頃の僕ではないよ君はまた 過去の亡霊引き戻すかも」↑（千趣宣誓３No.８８８）
「国民の想いはいずこ浅間山 地下のマグマに溜まる静けさ」↑（No.８８９）
「欠伸さえ人には伝染る昼下がり まして移り気人の言霊」↑（千趣宣誓３No.８９０）
「論戦に攘夷上意と声高に 喚くお上の顔や醜き」↑（千趣宣誓３No.８９１）

「思い遣る人の想いの高低も 深さ浅さも目には見えまじ」↑（千趣宣誓3№892）

場所：子安温泉
「こだわりは胸にとどめて根を伸ばし 梅雨の雨さえ華の滋養に」↑（千趣宣誓3№893）

人材と人財、人在と人罪について三十一文字で考えてみた
「お宝と煽てて募る人財を 使い捨てする企業の人罪」↑（千趣宣誓3№894）

「3分でサビまで極める歌よりも 三十一文字に短歌つぶやく」↑（千趣宣誓3№895）

「情報はタダではないと知りつつも 少欲知足はスマホ容量」↑（千趣宣誓3№896）

※写真は浅草寺の門前に飾る巨大わらじ
「食べ物を少し少なくできたなら きっと減らせるいろんな欲も」↑（千趣宣誓3№897）

南浦和駅西口徒歩3分の小高い丘にある大谷場氷川神社の千本の紫陽花 今が見ごろです
「立ち止まり ため息ひとつ もうひとつ やしろの陰に アジサイの華」↑（千趣宣誓3№898）
「新刊の本のページをめくるめくインクと紙の香り愉しむ」↑（千趣宣誓3№899）
今日 南浦和図書館で借りた本「西行と兼好 乱世を生きる知恵」「折々の歌365日 by大岡信」
おはようございます。朝から高温多湿な六月半ばのマンデーモーニング 今朝も満員電車の中から一首です
「高らかにさえずる鳥の姿求め 見上げた空に主見あたらず」↑（千趣宣誓3№900）
※写真は本文とは関連ありませんが南浦和にあるさいたま文化センターの中央ホールです
「充電の残りパーセント測りつつ プラグ差し込むこころの充電」↑（千趣宣誓3№901）
「こだわれば道の狭まるものならば 身軽に捨てて宙に浮くべし」↑（千趣宣誓3№902）

6月16日 13：34・長野県 長野市

「盛りと掛け 蕎麦に違いの あるべきか世界遺産の平和憲法」↑（千趣宣誓3№903）

「ひもすがら本は読みたし知恵もなし 古書に埋もれる瞬間（とき）ぞ楽しき」↑（千趣宣誓3№904）

おはようございます

「悔しさに　引き分けのあと涙雨　アウェイに託すサムライブルー」今朝も一首です

「人の道楽しむと描き道楽も 道を外せば唯の道落」↑（千趣宣誓3№905）

「あなたとの偶然出逢う赤糸に 針穴通す小指震えおり」↑（千趣宣誓3№906）

「紫陽花の千々に乱れて咲く花の 陰に見つけし君の面影」↑（千趣宣誓3№907）

「遠目には魔法と見えし目もくらむ 聞き捨てならぬ憲法弄り」↑（千趣宣誓3№908）

おはようございます 梅雨のシーズンど真ん中のジメジメサーズデー でも心の底まで湿らぬように日干ししてあげましょう 今朝も満員電車の中から一首です　※写真は長野善光寺の回向柱
「いまここに生きとし生きるありのまま ありはしないさ過去も未来も」↑（千趣宣誓３№９０９）

「旅先の峠の宿でやれやれと　今来た道を振り返り曲がりくねった足下に蛍の光二つ三つ」

「夕暮れの隅田川岸　河畔には　まぼろしの　君との別れの面影も
記憶に霞む紫陽花の　華の向こうに見上げた空に　薄墨色の涙雨ふる」

「此の世をば どりゃおいとまに 線香の 煙と共に はい左様なら」 by 十返舎一九 辞世の歌 勝ちどき東陽院

「仕事さえ遊びとせむと思ほゆれ　ましてお足をいただけるとは」↑（千趣宣誓３№９１０）
おはようございますハッピーフライデー＆レイニーウィークエンド今朝も笑顔を忘れずに

「しがらみも古い着物を捨つるように　トキメキなくば はい左様なら」↑（千趣宣誓３№９１１）

「遺伝子の二重螺旋にさも似たり　人と人とを紡ぐ関係」↑（千趣宣誓３№９１２）

おはようございます　梅雨の晴れ間のサタデーモーニン 爽やかに心地よい二日酔いの朝に一首です

「カラオケの歌の数ほどそれぞれの　あふるる想い分かち合う友」↑（千趣宣誓３№９１３）

梅雨の晴れ間の昼休みに一首です。

「一石を投ずる池に波紋拡げ　彼岸に届きまた帰りこむ」↑（千趣宣誓３№９１４）

代々木の街へ そして一首です

「サヨナラはまた逢う日まで喉元に　留めおきたしサビのところは」↑（千趣宣誓３№９１５）

「傘さすかささずか迷う煙雨　梅雨空鈍くものやおもへど」↑（千趣宣誓３№９１６）

「これほどに梅雨時らしいお湿りに　紫陽花までもくすくす笑う」↑（千趣宣誓3No.917）

「まごころに深い浅いも高低も　示す方途の無きぞ悲しき」↑（千趣宣誓3No.918）

「おさなごの澄んだ瞳の両の目に　映る我が身の皺と白髪」↑（千趣宣誓3No.919）

「梅雨空にこよみ通りに夏至る　濡れ縁側に朝顔の青」↑（千趣宣誓3No.920）

「ヘリウムのガスで膨らむ風船に　我欲も飛ばせ空まで高く」↑（千趣宣誓3No.921）

第七章　夏至

夏至過ぎて天候不順なチューズデー 今朝も満員電車で一首
「すれ違う思いも知らず夏至なのに　湿ったままの君の視線は」↑（千趣宣誓3 №922）

「手初めに学ぶ科目はその昔　読み書き論語算盤に
　丁稚奉公親元を　離れて育つ人の道かは」↑（千趣宣誓3 №923）

「働けど働けどなお定年も年金も寿命さえもが遠ざかる
あたかもまるで　目の前を過ぎ去るアンビュランスけたたましくは
　サイレンのドップラー効果の波紋のよに」↑（千趣宣誓3 №924）

「イスラムの国の儀式はラマダンの　始まる月の時は今 東洋日本の梅雨
　夏至のころとはお天道様も　お釈迦様とてつゆ知らざりしかと」↑（千趣宣誓3No.925）

さらにもうひとつ蝶の歌
「オスアゲハ羽根を広げていさ大空を　舞い上がれ君の命は二週間」↑（千趣宣誓3No.926）
「おじさんの歌える歌も尻すぼみ　雲雀があの日天国の美空に召されてからは」↑（千趣宣誓3No.927）

帰りぎわに一首です　今日は昭和の歌姫 美空ひばりさんの命日でしたね
「信号の赤青黄に変わるのを　待つも待たぬも人の世に
　巡る季節も人の季節もおりふしの四季のありなむ」↑（千趣宣誓3No.928）

「不死鳥は己が炎に身を焦がし　灰の中にぞ命授かり」↑（千趣宣誓3№929）
おはようございます
「雨粒の跡を辿ればカタツムリ　カミナリ様に慄いて右のツノだけ引っ込める」今朝も一首
「紫陽花はひと雨ごとに七変化　仕上げは無垢のお色直しで」↑（千趣宣誓3№930）

「談話」を英語に翻訳したらたぶん「STATEMENT」「TALK」「SPEECH」あたりだろうけれどね
でも ぶつぶつ呟くだけなら「TWEET」でも仕方ないか　おはようございます空が曇ればこころも曇る天を見上げるフライデー今朝も一首です
「棘棘しく思う心にさらに棘　作りだすのはこの身にしあれば」↑（千趣宣誓3№931）

「これほどに溢れる本に囲まれて　選ぶ楽しみ迷う仔羊」↑（千趣宣誓3№932）

おはようございます雨の下しるサタデーモーニング 今朝も近くの図書館に来ています そして来週の

週末から封切りのあの話題のスーパーヒーロー映画を楽しみに待ちます今日出会えた本と著者たち
「講孟余話　ｂｙ 吉田松陰」「人生は愉快だ　ｂｙ 池田晶子」「良寛に会う旅　ｂｙ 中野孝次」「本読みの達人が選んだこの3冊　ｂｙ 丸谷才一」みなさま良い週末を

群馬県は吾妻郡茅葺きの宿 薬師温泉にきています江戸時代にタイムスリップしたみたいです
滝見の湯 薬湯の湯 堪能させてもらいました 場所：薬師温泉 旅籠 Hatago - Yakushi Onsen Ryokan
6月29日 7：52・東京都 北区 おはようございます水無月最後の月曜日今朝も一首です
「肩の荷に詰めた思い出しがらみも　卸して気付く空の軽さに」↑（千趣宣誓３№９３３）

※写真は群馬県吾妻郡の茅葺きの宿 薬師温泉です　6月29日 9：36
「茅葺きの屋根の下には大家族　話も和む囲炉裏の淵に」↑（千趣宣誓３№９３４）

※写真は昨日の日曜 群馬県吾妻郡の茅葺きの宿 薬師温泉で撮影
「茅葺きの屋根の下には大家族　三世代四世代とも世を継いで老いも若きも囲炉裏の淵に

話の火種のタネは尽きまじ知恵も伝えし今は昔の江戸も明治も」↑（千趣宣誓3№934改）

「辿り着く目的地まで寄り道を　楽しめという不忍の池」↑（千趣宣誓3№935）

「いまここに一番大切なことは目には見えない手にもつかめず」↑（千趣宣誓3№936）

※上野恩賜公園の不忍池にて　おはようございます水無月晦日 一年も過ぎ去りみれば折り返しアッチュうまにまにチューズデー今朝も蒸し暑い満員電車に揺られて一首です

「口惜しさを肥やしにするか夜半の月　ただ煌々と冴えわたる見ゆ」↑（千趣宣誓3№937）

「どうせいと言うかは知らぬオスとメス　同性婚の狭き門とは」↑（千趣宣誓3№938）

「エンタシスギリシャ神殿屋台骨　倒壊するは民のこころか」↑（千趣宣誓3№939）

おはようございます

「月替わり水無月明けて半夏生　横断歩道に雨の滴る」七月最初の一首です　場所：東京駅（Tokyo Station）

「七色に艶めく花も水たまり　薄れて色の雨に流され」↑（千趣宣誓３No.９４０）

おはようございます撫子ジャパン決勝進出！祝

「夏風邪を貰ひて今朝は半夏生　湿る枕も明日は晴れるや」↑（千趣宣誓３No.９４１）

※似顔絵を描いて貰った浅草のこのお店のお嬢さんは中国人の留学生でしたありがとう

「咳き込んで寝床臥すまに健康の　有り難きこそ感謝忘れな」↑（千趣宣誓３No.９４２）

「気はやまい　病いは気から　起こすものいずれ違わず身から出た錆」↑（千趣宣誓３No.９４３）

おはようございますハッピーサタデーモーニン今朝も一首です

「我以外皆師とはすべからく　花鳥風月子らも猫さえ」↑（千趣宣誓３No.９４４）

※写真は皇居二重橋と築地でいただいた絶品美味の焼き魚のどぐろ

「いまどきの千円札一枚で吹けば飛ぶよな　言の葉の一首一縁 風の立つまま」

「雨音に恨めしそうに空見上げつつ　神輿蔵出し祭りの支度」 場所：神明社

「アジサイの花を追いかけ傘の華　傾げ傘する町の祭りに」↑（千趣宣誓３№９４５）

おはようございます雨の月曜日気温も低く五月並みだとか ひまわりの輝く夏の陽射しが待ち遠しいです

「指先で手繰り寄せてもスクロール　過去の場面の変はるはずなき」↑（千趣宣誓３№９４６）

7月7日 12：48 埼玉県 戸田市

「梅雨空の雲の涯なり天の川　年に一度の逢瀬に人目気にせず」↑（千趣宣誓３№９４７）

「灰色の梅雨空鈍く雨垂れの　無音の音に耳そばだてる」↑（千趣宣誓３№９４８）

「紅蓮華夏の陽射しを待ちわびて　雨の雫に身を震わすれ」↑（千趣宣誓3№949）

「織り姫の星の逢瀬も我れ知らず　川面に浮かぶ鴨の親子は」↑（千趣宣誓3№950）

「十日ぶり青空仰ぎやっとかめ　ベランダの手すりにもたれ深呼吸」↑（千趣宣誓3№951）

「庭先にのたうちまわる蚯蚓なら　夏の陽射しに今朝はもう乾涸び細り
　　アスファルト車に轢かれ轍にやがて薄皮白き野ざらし」↑（千趣宣誓3№952）

「雨降れば青空慕い暑ければ　涼しさ恋し人のこころは」↑（千趣宣誓3№953）

新潟県と長野県の県境にある松之山温泉郷ににきました。日本三大薬湯の里。今夜は凌雲閣旅館に宿泊。4日遅れの七夕の天の川 夜空と蛍のひかりが楽しみです 場所：松之山温泉 鷹の湯　土日一泊して新潟県十日町の山奥にある松之山温泉で投宿しました、この付近ではゲンジホタルのシーズンがちょうど始まりました、都会ではまず見られない溢れんばかりの満天の星空に清んだ空気と清んだ水のある沼地に蛍狩りを楽しみました 星空の光と蛍の光と見間違うほど暗闇で幻想を 流星のおまけ付きで 浴衣すがたのままで夫婦そろって エンジョイできました

「水梨に仄かに浮かぶ蛍火の　消えた軌跡の先の暗やみ」↑（千趣宣誓３No.９５４）

「雪解けの水を集めて清流の　波のうねりにものを問いつつ」↑の千趣宣誓３No.９５５）

「蛍」連作　於　松之山温泉 凌雲閣にて

「満天の星降る夜にホタル狩り　淡雪舞うや浴衣の袖にも」↑（千趣宣誓３No.９５６）

「天の川ふりさけみれば七夕を　過ぎて蛍の灯り涼しき」↑（千趣宣誓３No.９５７）

「音もなく蛍の光絶え間なく　点いては消ゆる雌の気配に」↑（千趣宣誓３No.９５８）

「煩悩の流れる様を河岸に　眺めて彼岸に渡る夢見し」↑（千趣宣誓３No.９５９）

場所：清津峡
「プライドが邪魔する壁はバカの壁　壊す道具は己がふところ」↑（千趣宣誓３№９６０）
「行く雲の風にまかせて青空に　ゆくえも曇る国の行く末」↑（千趣宣誓３№９６１）
集団的自衛権って何なんでしょうか
「よその国出かけていくさする法を　いづれの民も赦さじものを」↑（千趣宣誓３№９６２）
「喉元を過ぎても苦き戦争を　みずから求む民は居ませぬ」↑（千趣宣誓３№９６３）
おはようございます梅雨明けまじかのサタデーモーニン　今朝の一首です
「責任の在り処も知らず箱モノの　色は空なり人の器も」↑（千趣宣誓３№９６４）
「里山に水も冷気も澄み切った　河辺に集う蛍閑けき」↑（千趣宣誓３№９６５）

集団的自衛権とは一体なんなんだろう そこで一首です
「もののふのいさ尋常に敵討ち　助太刀するも大刀に違わず」↑（千趣宣誓3 No.966）
「星屑を集めて靄る天の河　地上の星は里の蛍火」↑（千趣宣誓3 No.967）
「短パンに 臍出しルック カモシカの二本の素足白く眩しき」↑（千趣宣誓3 No.968）
おはようございます 今日もあつくなりそうですね
「千年も命を繋ぐ白蓮を　見初めて君の齢数えし」↑（千趣宣誓3 No.969）
おはようございます土用の丑の日間近の水曜日 関東は青空高く猛暑日の連続です 暑けりゃ暑いで今月初めの頃の冷たい雨の日々を懐かしむ そういう我が儘も愚痴もでますよね 今朝も一首です
「新刊の本の多さにたじろいで　慌てて君との一会夢見し」↑（千趣宣誓3 No.970）
「責任を取るも果たすも夜もすがら　自腹召すのは浅ましく

すたこらさっさ夜逃げか武士の温情か
世に立つべき人の声も弱りもぞする」↑（千趣宣誓3No.971）

雨ニモ負ケズ 風ニモマケズ
梅雨明ケノ ウダルヨウナ猛暑ニモ
耐エナガラタマラズ額ト背中ニモ
大汗流シ 残業バカリ下働キノ
デスクワークノ宮ヅカエ
オ上ニイワレ深夜マデ 数字アワセニ
ナンドデモ ツジツマアワヌタテヨコノ
エクセルシートノ計算ニ アクセク汗モ
夜モスガラ 上意下達ノ縦社会
利益ダサネバ次ノ期モ マタ次ノ期モ
アルト思フナ社長ノ座
上シカミエネェ ホシンサク

搾リ出セ モットモットトタネノ中
絞レバサラニ レモン汁
種ヲ絞レバ滲ム ワズカデモ
利益トヤラヲ 絞リダセ
コレガ世ニユウ チャレンジト
畏レ多クモカノ人モ 草葉ノ陰デ
慟哭スルヤ イワシノ土光トシミツシ
7月22日 15：46 iOS

シンガーソングライター蘭華さん 本日Avexからメジャーデビューです おめでとうございます
祝 デビュー曲は「ねがいうた」赤羽 美声堂さんから第一声です 私は蘭華さんを応援します

華向けに一句です 「はじまりの 色は涯てなし 蘭の花」

不死鳥のように羽根を広げた雲を見つけて一首

「天翔る雲を従え不死鳥よ　祓って欲しい悔いも迷いも」↑（千趣宣誓３№９７２）

「なんのかのいったところでいくさとは　ひとごろしとてかはるものかは」

7月24日14：12

地球によく似た惑星の名はケプラー４２２b 地球から１４００光年彼方のこの星に果たして生命体は存在するのだろうか　少年時代から長野の夜空を見上げて宇宙旅行を夢見た我らが中年の星 ついに念願叶い宇宙に飛びたち そして油井さんの父いわく自ら「スーパーマン」になったお祝いに一首です

「油井さんのまなこに映る青い星　国の境界線見あたらず」↑（千趣宣誓３№９７３）

白紙となった新国立競技場のゆくえ　最初はグー　途中でチョキ　最後はパー

おはようございますハッピーサタデー 昨夜は日中の天気荒れ模様の土用の丑の日でしたが今朝は一転して真夏の青空ですね、向日葵が似合う季節になりました 今朝の一首です

「垂れ込める雲間に出でし半月の　光と影の境見極め」↑（千趣宣誓３№９７４）

「日溜まりの光の木の葉踏みしめて　子らの呼ぶ声蝉に混じらむ」↑（千趣宣誓３No.９７５）

「思い出もすぐにセピアの色となり　いかで留めむいまこの時を」↑（千趣宣誓３No.９７６）

「こだわりもしがらみさえもこの世にはなくてはならぬじゆうのために」↑（千趣宣誓３No.９７７）

「片足の残ったままの蝉の脱け殻を　そっと両手に拾う吾が孫」↑（千趣宣誓３No.９７８）

「手つかずの父母の遺品もそのままに　四年の月日はや過ぎにけり」↑（千趣宣誓３No.９７９）

「ありし日の母の形見を手にしては　夏の夕陽のいかで眩しき」↑（千趣宣誓３No.９８０）

マライア・キャリーさんおめでとうございます
「足跡を残す標に星型を　刻む聖林居並ぶ巨星」↑（千趣宣誓３No.９８１）

久しぶりに近くの図書館に来てみたら大勢の小中学生や市民で込みあっていました。夏休みもありましょうがなにしろ入館無料で冷房完備で閑静な場所で憩えるオアシスの避暑地替わりでしょうね 今日借りる本
「龍馬の黒幕 by 加治将一」「生きる勇気 死ぬ元気 by 五木寛之・帯津良一」「名句でたどる漢詩の世界」「熟成の渋味確かめ吾も亦　賞味期限の遠に過ぎしも」↑（千趣宣誓3№982）

「握手よりハグよりもなお言葉より　そばに寄り添う肌の温もり」↑（千趣宣誓3№983）

「官僚のメモに食い入るこの国の　首相の眼には民は映らじ」↑（千趣宣誓3№984）

8月1日10：28・埼玉県 戸田市　おはようございます月朔日ハッピーサタデー
どのみち猛暑日 熱中症に罹るくらいならいっそ趣味に スポーツに 音楽に熱中した方が身のためでしょうね暑中お見舞い申し上げます
「あさぼらけ夢かうつつか二度寝して　夢の続きの夢の通ひ路」↑（千趣宣誓3№985）

私の海外恐怖体験記Part２
「番外編① マドンナたちのララバイ」
旅人の 出会いを一期 一会とは また会う日までの 遠い約束
　　袖振り合うも 他生の縁 別れを告げたマドンナたちの　姿見届けよ 記憶の淵に

私の海外恐怖体験記Part２
「番外編② 空・旅 成層圏と地球の間に～機上フォトマイベストテン」より
「ひとときも同じに非らず空の色　眺める人のこころも同じ」

私の海外恐怖体験記Part２「番外編③旅先の世界のエアポート」
「旅にして 空にしあれば 旅人のいのちもろとも 機長に委ねり」

私の海外恐怖体験記Part２「番外編④ 空の上 機中の景色」
「空高く 反重力に 身をゆだね翼広げて 鳥になるとき」
落語家で紙切り芸で有名な林家正楽師匠に「朝顔」と「花火」というお題で紙切りしていただきまし

た。真夏の夕べに涼を運んでくれます

「かき氷　すだれよしずに朝顔の　藍より青い君の浴衣帯」↑（千趣宣誓３No.９８６）

おはようございます&暑中お見舞い申し上げます

「色褪せた古いアルバム開いては　暑さ忘れてタイムスリップ」↑（千趣宣誓３No.９８７）

おはようございます水曜日 旅番組は好きです。

最近になって特にファンになってしまったBS番組に「世界でいちばん美しい瞬間（とき）」でスペインのバレンシアの毎年３月に火祭りを特集していた放送はとても良くてバレンシアの歴史や人々の祭りに注ぐ情熱、祭りを支える人々の人間模様、家族の愛情について爽やかに語りかけてくれました。一年がかりで作ったファヤスと呼ばれる発泡スチロールで形作った人形を火祭りで跡形もなく燃やしてしまう壮麗な伝統行事です。まるで日本の花火大会と青森のねぶた祭りを足したようなものかもしれません。

「ハリボテも燃やしてしまえ火祭りに　悔いも怒りも悲しみさえも」↑（千趣宣誓３No.９８８）

8月になると先の戦争に関わる映画・TV番組やイベントが多くて、今年は従来にまして多く感じるのはやはり70年という節目の年だからかもしれない。先週 松嶋菜々子さん、鶴瓶さん主演のTVドラマを二夜連続でラストまでみた。戦争によって引き裂かれていく家族の絆、信頼・絆を損なうのは誤解だったり勝手な思い込みによることもあるし、うしなった絆を取り戻すにはよほどの覚悟が必要だし、許す寛容性も問われる。菜々子さんと鶴瓶さんの好演に拍手ですね

敵戦闘機の機銃掃射で鶴瓶さん演ずる軍医が川辺で亡くなったシーンはその象徴的な場面でした。亡くなった母が生前一人息子である私に語ってくれたシーンをまた思い出してしまったのです。母がまだ女学生で学校からの帰り道、田圃のあぜ道を帰宅の道を歩いていたら、背後から戦闘機が近づいた気配を感じるやいなや操縦席に座る青い目の若者と目があったその時機銃掃射を受け もうダメかと田圃に伏せたそうです。しかし間一髪で弾は当たらなかったと。「あの時弾が当たっていたら今ごろお前さんはこの世に生まれて来なかったんだよ。」

亡母の生家のある愛知県刈谷市の高須町には昔 背の高い200メートルは超える電波塔は確か8基ほどあって「依佐美の無線鉄塔」という軍事施設があったからかもしれない。その鉄塔は最近になっていつしか完全撤去されて当時の面影を残してはいない。不思議だけれど故郷にいつもそこに目印のように高く聳えていたものがなくなるとまた寂しいと帰省のたびに東海道新幹線の車窓からいつも目印

になっていたのにどこか矛盾したノスタルジーも感じます。
ところで野坂昭如氏の原作のアニメ映画「火垂るの墓」は私は悲しすぎてまともに見ることができないので毎年この時期に放送されるけど、見ないことにしている。しかし避けていても心の中では同じシーンを反芻してかえって鮮明に思い出してしまう自分がいるのが堪える。サクマドロップの缶の中で踊るドロップ飴、あの音は耳を塞ぎたくなる。暑中お見舞い申し上げます
「蛇口から流れる水もぬるま湯に　漬かる小人閑居する夏」↑（千趣宣誓3№989）

8月5日 17：12　埼玉県 戸田市　東京で35℃越えの猛暑日連続6日の記録更新中
「亜熱帯どころかもはや熱帯の　真紅に染まる日本列島」↑（千趣宣誓3№990）

青空三首盛合わせ
「青空をソーダに見立て白雲に　せんじて掛けてかき氷見ゆ」↑（千趣宣誓3№991）
「青空に影差す雲に進撃の　巨人はむかし大魔神かも」↑（千趣宣誓3№992）
「あの空の綿菓子取ってと駄々をこね　ジィジの腕にすがる吾が孫」↑（千趣宣誓3№993）

「五年後の五輪の夏にアスリート　競う相手は気候変動」↑（千趣宣誓３№９９４）

新潟県十日町清津峡谷にて
「情報の量に踊らむ蝉の声　騒ぎ立てるなその場しのぎに」↑（千趣宣誓３№９９５）

夏は海
青松砂浜 白パラソルに海の家 目隠しタオルスイカ割り
子供らの向日葵みたく笑みのこぼれる
夕暮時にビヤガーデン 金麦色のジョッキ片手に友と語らう
見上げる空に 天の川 夜更けてはペルセウス流星群
星に願いを 蒼白き閃光二つ三つ数えて またも 祈る暇なし
そういって浴衣の君は はぅっと もひとつ ため息をつく いとをかし

おはようございます月曜日 爽やかに今朝の一首です
「花びらに微熱集めて白蓮の　薫り滲ませ蝶誘ふらむ」↑（千趣宣誓３№９９６）

古代エジプト王国最後の王妃クレオパトラの実像に近いと言はれるレリーフもまじかに正面向いて対峙するとそのまっすぐにす鼻筋を置く顔はやっぱりスーパー美人だったと思います。日本の女優さんで面影がどことなく似ている気がしてもその名前が喉まできていて出てこない（笑）やっと思い出しました　クレオパトラによく似た女優さん・・・それは綾瀬はるかさんあくまで私の身勝手な妄想的思い込みかも

「聞いただけ云ってみただけよと軽口の　根を持つ人に痛む言の葉」↑（千趣宣誓３№９９７）

「お宝は目には見えねど自らを　信ずる人の心に宿らむ」↑（千趣宣誓３№９９８）

「言の葉もひとたび河に押し出せば　浮かび沈むも淵に帰らず」↑（千趣宣誓３№９９９）

おはようございます　琵琶湖のほとり　彦根には国宝彦根城の他にも近くには関ヶ原の合戦で敗軍の大将 石田三成の居城だった佐和山城跡がひっそりありました そして一首です　場所：佐和山城

「もののふの 菩提弔う 山寺に読経に聞こゆ蝉時雨かな」↑（千趣宣誓３№１０００）

千趣宣誓3

神と仏の宿る山 三徳山 頂上の投入れ堂までなんとか登りました　場所：三徳山投入堂

「先人の　足跡辿り山道を　二人で目指す　三徳の寺」

（千趣宣誓3　了）

野々山 睦（ののやま むつみ）

1956年1月生（みずがめ座）愛知県刈谷市出身。県立刈谷高校卒
立教大学経済学部経済学科卒。現在埼玉県さいたま市在住。
海外渡航歴30年・世界25ヶ国訪問。生まれ故郷の愛知県西三河地区に
遠い先祖の家系はいまから時代を遡ること5百年前の戦国時代に
朴訥・質実剛健の気質と結束の強さで知られた三河武士軍団の
旗本ご家来衆の一族として主君徳川家康公を地元三河で支えた。
趣味は読書・落語・演劇・全国温泉めぐり。座右の銘 [一日一生]
著書：『私の海外恐怖体験記-Part I -』『新・千趣宣誓』
『千趣宣誓・続』出版社：ブイツーソリューション

千趣宣誓3

二〇一五年十一月十日 初版第一刷発行

著 者 野々山睦
発行者 谷村勇輔
発行所 ブイツーソリューション
〒四六六-〇八四八
名古屋市昭和区長戸町四-四〇
電 話 〇五二-七九九-七三九一
FAX 〇五二-七九九-七九八四
発売元 星雲社
〒一一二-〇〇一二
東京都文京区大塚三-二一-一〇
電 話 〇三-三九四七-一〇二一
FAX 〇三-三九四七-一六一七
印刷所 藤原印刷

ISBN978-4-434-21238-3